L'histoire du roi
qui ne voulait pas mourir

JEAN TEULÉ

L'histoire du roi qui ne voulait pas mourir

ROMAN

© Mialet-Barrault, département de Flammarion, 2023

Le Code de la propriété intellectuelle interdit les copies ou reproductions destinées à une utilisation collective. Toute représentation ou reproduction intégrale ou partielle faite par quelque procédé que ce soit, sans le consentement de l'auteur ou de ses ayants droit ou ayants cause, est illicite et constitue une contrefaçon sanctionnée par les articles L335-2 et suivants du Code de la propriété intellectuelle.

— 1 —

Au sortir d'une nuit de pleine lune, sur une plage insulaire de mer très lointaine, des fruits et des fleurs naissent ensemble dans la lumière qui apparaît. En cette petite terre volcanique émergée, faisant partie d'un archipel d'une dizaine d'îles inhabitées, croît une variété d'arbres qu'on ne trouve nulle part ailleurs au monde et pouvant survivre au contact de l'eau de mer. De par la ténacité de leurs racines résistantes à la salinité du sol, se dressent de larges troncs au sommet desquels s'insère et s'étale à l'horizontale le fouillis d'un entrelacs de branches portant un feuillage dense en forme de coupole qui les fait ressembler à d'énormes champignons légendaires. À plusieurs mètres de hauteur dans l'une de ces endémiques plantes fabuleuses, parmi de coriaces feuilles persistantes qui les dissimulent, des hommes d'une Marine médiévale, torse et pieds nus mais jambes couvertes d'une paire de braies flottantes, sont allongés à plat ventre sur les branches et regardent. Crâne seulement chapeauté par un simple carré de toile blanche que retiennent deux lacets noués sous le menton, ils demeurent ébahis. Ici, c'est comme un songe à leurs yeux. Contre les joues et les épaules de marins perchés, des fleurs éclosent à vue d'œil. Entre les pétales roses qui s'écartent, des fruits ressemblant à de minuscules dattes poussent aussitôt. Les hommes qui en croquent pour goûter s'étonnent de leur chair violacée. Devant eux, des souffles de l'aube bouclent et blondissent la chevelure des vagues qui approchent ; alors, dans l'arbre, une voix commande :

— En bas, laissez maintenant aller la femelle vers la marée montante !

Aux ordres, d'autres hommes, cachés derrière le gros tronc enlacé par une corde qui en fait plusieurs fois le tour, donnent du mou au lien puis observent sans tarder, tout près d'eux, l'éloignement d'une tortue de mer géante comme il n'en existe qu'aux abords de cet archipel et préalablement capturée la veille. La bête quitte l'ombre de l'arbre en claudiquant car elle est comme retenue en laisse par sa patte palmée avant gauche. Malgré tout, elle progresse vers le chant mousseux des premières vagues qui l'appellent. La corde entravante s'avère suffisamment longue pour que l'animal puisse aller nager en eau peu profonde. La jolie tortue femelle (sans doute quatre-vingts kilos tout de même) s'y ébat. Elle engloutit entièrement son corps sous l'écume puis remonte dans la lumière, toute ruisselante, projetant autour d'elle des milliers de gouttes de soleil. On croirait qu'un arc-en-ciel est tombé sur la courbe charmante de sa carapace. Entre de beaux grands yeux noirs, ses narines semblent, dans l'air, souffler de l'or puis elle plonge à nouveau. Les hommes planqués dans les branchages attendent. La femelle, bec vers l'horizon, prend son élan pour filer en haute mer mais parce que les hommes derrière l'arbre retiennent le cordage tendu qu'ils lui ont ligoté à une nageoire, elle pivote brutalement, malgré elle, d'un demi-tour et présente son arrière-train au large ce qui crée un malentendu. La découvrant, de beaucoup plus loin en profondeur au ras des algues, on pourrait la croire faisant sa belle remuante et la confondre avec une aguicheuse. D'ailleurs bientôt et d'un peu partout, une vingtaine de têtes dressées de tortues mâles excitées montent à la surface en soufflant bruyamment. Les mâles en rut s'approchent de la plage et sont impressionnants (ça ne donne pas envie d'être la femelle). Ce sont là des bestiaux d'un poids autrement considérable, pesant largement leur quintal voire pour certains, plus que centenaires, au moins deux quintaux peut-être trois. L'arrondi de leurs carapaces maintenant dépasse un peu le niveau de l'océan. Provoquant dans l'eau des tourbillons lents de sable qui jaunissent les vagues on devine que, flairant la femelle avec laquelle ils pourraient s'accoupler, les voilà qui peuvent marcher aussi vite que le permettent leurs lourdes pattes. Les marins mêlés aux fleurs et aux fruits exotiques de l'arbre de la plage les voient sortir de l'eau pour venir, dès l'aube, au rendez-vous qu'ils leur ont donné grâce à la femelle qui aura servi d'appât. Derrière le tronc, les hommes restés cachés tractent alors la corde qui oblige la charmante tortue à revenir sur trois pattes vers l'ombre du vaste feuillage au-dessus duquel tombe, des dernières étoiles, une odeur de miel. D'ailleurs, dans l'arbre fantastique, on entend dorénavant s'agiter en masse confuse comme un essaim d'abeilles. C'est parce que tous les marins au torse nu sont en train de relever le bas de leurs braies grâce à un cordon qu'ils nouent à une ceinture afin de gagner en agilité pendant qu'ils constatent :

— Et voilà donc le moment de s'apprêter à accomplir notre étrange mission au terme de la plus lointaine expédition maritime du siècle partie de France !

Maintenant, presque complètement sortis de l'océan et poursuivant d'instinct la proie sexuelle forcée à les fuir, les colossaux animaux reproducteurs se mettent à balancer latéralement le cou et la tête en des mouvements saccadés. Progressant plus rapidement que la marée montante, en leurs beaux habits d'écailles luisantes qui dégagent autour d'eux une senteur saline, les voilà sous l'arbre d'où chutent en grappes comme des fruits mûrs une centaine de marins. Quelle surprise pour ces reptiles à carapace ! Ils n'ont pas le temps de réagir. Les hommes en paire de braies remontées à mi-cuisses, avec une parfaite synchronisation, se précipitent par groupes de cinq vers chacun des animaux qu'ils attrapent conjointement au ras du sol d'un même côté et qu'ils hissent jusqu'à renverser le mastodonte alors qu'un mousse s'étonne :

— Si longtemps après avoir quitté notre port d'attache de Honfleur, devoir foutre à l'envers des tortues géantes, quelqu'un saurait m'expliquer l'intérêt ?

Son voisin lui conseille :

— Tu demanderas à notre vice-amiral, vicomte de Falaise.

Un quartier-maître de deuxième classe intervient :

— Georges de Bissipat m'a répondu qu'il n'en savait rien lui-même mais m'a expliqué que s'il suffit de retourner les tortues sur le dos pour les immobiliser puisqu'elles sont incapables de se remettre, seules, à l'endroit, il ne faut pas les laisser longtemps ainsi. Cette position est dangereuse pour elles. Leurs poumons étant juste sous la carapace, les organes qui se trouvent dans leur corps vont, avec leur poids, les écraser et, ne pouvant plus respirer, elles mourront d'asphyxie. Ah mais, regardez matelots, voilà déjà les barques qui viennent les quérir !

Maintenant, c'est à dix hommes par animal qu'il faut s'y prendre pour les traîner sur le dos dans le sable puis les hisser dans de frêles embarcations où attendent des rameurs qui peinent à s'éloigner du rivage en direction d'un gros navire à voiles un peu au large et si richement étoffé qu'on ne remarque plus l'eau de l'océan. On peut lire en grandes lettres d'or gothiques *Le Sacre* écrit le long de sa coque. Depuis le bastingage de cette magnifique nef ventrue, toute pavoisée de drapeaux et de flammes qui claquent dans la brise de l'aube, d'autres marins font choir verticalement des filets de pêche au bout de longues cordes lorsque accostent les premières barques chargées de tortues. Les lourdes bêtes, toujours retournées et maintenant coincées entre des mailles, sont hissées sur le pont du voilier où on les remet aussitôt à l'endroit, côté plastron. Le ciel, devenant bleu, se réfléchit contre leur carapace alors que, commençant pour certaines à être prises de convulsions, elles respirent à nouveau. Les remarquant encore sonnées et étourdies, depuis le balcon de la proue appelé *le château* parce que bordé de créneaux en bois, le vicomte de Falaise en culotte bouffante rayée, criant dans le cône en laiton d'un porte-voix, ordonne à tous de prendre grand soin d'elles :

— Il ne faut en percer aucune !

Certains des mâles reptiles à carapaces deviennent agressifs envers les hommes qui cherchent à les guider en les poussant ou les tirant. Ces tortues géantes tentent d'atteindre des marins pour les mordre, alors ceux-ci s'organisent. Afin de réduire les risques, par paire et presque couchés sur une carapace, ils utilisent une technique de contrôle qui consiste à faire glisser l'un son bras droit et l'autre son bras gauche sous les aisselles des nageoires avant de la tortue, puis à joindre leurs mains derrière sa nuque pour appuyer dessus. Ils appuient fort, trop aux yeux du vice-amiral qui descend du *château* précipitamment en leur reprochant cette double clef de tête pouvant être dangereuse pour les vertèbres cervicales des bêtes :

— Patiemment, vous allez y arriver sans les brusquer.

Tout le monde écoute messire Georges de Bissipat, marin expérimenté coiffé d'un bonnet plat agrémenté de plumes. C'est lui qui, déjà à bord de ce navire fleuron de la Marine nationale, après une visite en France du roi du Portugal, a reconduit Alphonse V de Honfleur à Lisbonne mais, là, c'est pour un autre chargement que ce vaisseau a été spécialement armé et aménagé. Le pont est percé d'une centaine de cuves métalliques emplies d'eau de mer vers lesquelles les hommes attirent la vingtaine de tortues déjà capturées en agitant devant leur tête un poisson qu'ils jettent dans une des cuves individuelles où plonge aussitôt l'animal marin qui y trouvera aussi au fond, une toise plus bas, des calamars, des crustacés, des algues, des méduses et même des éponges.

« Omnivores, ça bouffe de tout ces machins-là. Ils finiront nos restes et leur puissant bec écrasera les coquilles dures de n'importe quels huîtres, crabes, que remonteront nos filets de pêche », explique celui qui conduit le vaisseau de huit cents tonneaux avec trois cents hommes à bord pour une expédition extravagante, une folie plutôt, extrêmement coûteuse : quarante mille écus payés par un nouvel impôt levé sur les villes de Normandie sans que les contribuables soient informés de la raison de cette dépense.

— Que fait-on de la femelle attachée à l'arbre ? demande un major au vice-amiral.

— Allez aussi la chercher et nouez à la poupe du navire l'autre extrémité de la longue corde qui la retient par une patte. Ça lui fera retrouver des profondeurs maritimes. Demain, au lever du jour, elle resservira d'appât sur une autre plage de l'île vers laquelle nous allons naviguer et ainsi de suite jusqu'à ce que nous ayons toutes les cuves emplies.

Déjà des marins sont dans les voiles. Un singulier petit vent de mer leur sale les yeux. Aux deux tiers d'un très haut unique mât doré planté au milieu des cuves et dominé par un circulaire petit toit d'ardoises ressemblant à un clocher d'église, les matelots équilibristes osent s'aventurer sur la longue pièce de bois disposée en croix contre le mât. De cette vergue horizontale, après avoir dénoué des cordons, ils laissent s'abattre puis s'étendre une immense voile carrée d'un bleu azur fleurdelisé d'or. La nef alors tangue sur les flots. Sa coque pansue et instable ressemble à celle d'une noix. Elle est capable de déplacer trois cents hommes et bientôt sans doute cent tortues de mer géantes mais aux dépens de la vitesse et de la maniabilité. Au large, à peine plus contrôlable qu'une barque, voyager à son bord est toujours une redoutable épreuve. Malgré tout, le vicomte de Falaise décide :

— Contrairement à l'aller, pour rejoindre Honfleur, nous prendrons le risque de revenir par la haute mer plutôt qu'à la vue des côtes africaines qui nous ferait perdre du temps, et puis il faut que les tortues arrivent fraîches.

Des marins hochent la tête avec fatalité. La poussière qui les couvre est comme argentée. La brise de l'océan ravive des visages. Entre les dunes des territoires de l'archipel, ils voient l'océan bleu. Ils sourient. Pour l'instant il fait bon vivre et que ces îles sont vertes ! Près d'un matelot de Granville, un mercenaire portugais murmure :

— Isla verde.

L'autre, de son accent normand, s'extasie :

— Jamais je n'avais vu de si vive lumière !

— 2 —

Au même instant aux antipodes, dans la brumeuse France, sur une terre fertile entre la Loire et le Cher, un brouillard s'élève jusqu'à la fenêtre d'un deuxième étage. De l'autre côté et à gauche de ses carreaux à petits vitraux colorés en losanges, un homme en chemise de nuit, assis au bord d'un lit et coudes aux genoux, se tient le crâne entre les mains, râlant sous un bonnet de nuit à pompon :

— Capitaine des gardes, qu'est-ce encore que ces cris que j'entends s'approcher dehors ?

Le capitaine ouvre la fenêtre pour tenter de discerner ce qui cause un lointain tumulte. Scrutant le paysage quasiment effacé, il parvient finalement à découvrir, tracté par un cheval, la silhouette d'une charrette dont le plateau est couvert de nourrissons hurlants entourés par des soldats. Les gesticulations des bras et des jambes des nouveau-nés, les cris poussés par leurs poumons, provoquent des volutes tournoyantes au-dessus du véhicule alors le capitaine des gardes, refermant la fenêtre, annonce :

— C'est l'heure de votre bain qui arrive, majesté.

Dorénavant, au centre d'une vaste galerie fraîche et à l'intérieur d'une cuve en étain, celui qui a été nommé majesté se baigne dans un liquide rouge d'où s'élèvent des ondulations de vapeur. Tout d'abord, avant-bras nus posés sur les rebords de la cuve, il les retire puis s'immerge entièrement au fond de l'étrange jus qui diffuse une odeur de fer tiède. Disparaissant totalement de sa surface, il y reste quelques secondes en apnée puis, ruisselant, il réapparaît tout sanguinolent et ferme ses yeux...

— 3 —

Samedi 4 août 1477

— Pourquoi, bourreau, je ne vois dans les robes blanches dont on les a revêtus, que deux des fils du duc de Nemours agenouillés sous l'estrade de l'échafaud ?

— Le troisième, l'aîné de neuf ans, va arriver, sire. On le placera au centre, coincé entre son cadet de sept ans et le benjamin de cinq ans.

— *Les lattes au milieu du plancher sont-elles suffisamment disjointes ?*

— *Oui, selon vos ordres, mon roi. Les armoiries du condamné, faudra-t-il que je les brise ensuite ?*

— *Bien sûr, tout comme je confisquerai ses biens. Et puis surtout, laissez relevé ce pan de drap noir qui entoure le lieu de la sentence pour que je puisse contempler aussi ce qui se passera sous le billot.*

Place de la halle à poissons, une foule parisienne avance vers la scène d'exécution promettant d'être un objet de curiosité. Les gens s'agglutinent derrière le monarque coiffé de sa couronne et aux épaules couvertes d'une cape fleurdelisée. Dans son dos, on perçoit des commentaires prudemment chuchotés :

— *En tenue d'apparat, fait rare chez lui, Louis le Onzième ne manque jamais d'assister à la décapitation d'un noble.*

— *Une fois déterminé à punir il devient inflexible et après ce que l'autre lui a fait il n'est pas dans un jour d'indulgence mais quelqu'un comprend-il la présence également de maintenant trois enfants aux poignets liés dans le dos ?*

Concernant cette incongruité jamais vue lors d'une peine capitale, près de Louis XI, le président du parlement, d'un murmure soufflé contre la nuque royale, tente un amadouement :

— *Tout de même, majesté...*

— *À délit exceptionnel, punition exceptionnelle !*

— *Ce Jacques d'Armagnac avait compté pour vous.*

— *Je l'avais tant choyé.*
— *Et puis ?*
— *Il m'a trahi trois fois et ça a été moins drôle. Quel homme, finalement, est-ce donc que ce duc ?* demande le monarque en pivotant très peu sa tête vers le président du parlement. *Est-il d'un autre métal que les autres princes de mon royaume ?*
— *C'est un descendant de Clovis.*
— *Chaque fois que n'importe lequel de mes vassaux indociles se lève contre ce que je représente, je fauche l'épi près de la racine. La moisson fut déjà souvent sanglante. S'il y a sur la terre une joie qui m'est complète et sans mélange, s'il y a une véritable volupté, c'est celle de châtier un complotiste et je suis toujours le maître des événements. Aucun être ni jamais absolument rien n'arrivera à bout de moi. Ma personne royale est l'arche de la France ! À qui veut y toucher, la tête tombe et voilà qu'arrive celle du duc de Nemours qui va s'écrouler sur le plancher.*

Parce que gentilhomme, Jacques d'Armagnac, quarante-quatre ans, est conduit au supplice sur un cheval couvert d'une housse noire jusqu'au bas d'un escalier placé sur un côté. Devant le billot, un héraut d'armes annonce solennellement au public :
— *Jacques d'Armagnac, duc de Nemours, condamné à mort pour conspiration et machination, coupable de lèse-majesté, aura le cou tranché à la hache !*

Sous l'estrade, dans la pénombre où rien ne se meut mais scrutés par le souverain en face, les trois jeunes enfants du duc, à genoux et vêtus de blanc, comme parés pour une horrible fête, entendent tout d'abord des bruits de pas au-dessus de leurs têtes puis un grand choc produit par le maître des hautes œuvres. Ils croient ensuite sentir goutter du plancher des larmes mais ils se trompent, c'est du sang de leur père. Entre les lattes disjointes, il ruisselle soudainement en une ondée affreuse qui inonde leurs chevelures, leurs visages, leurs épaules et jusqu'à sous la taille de leurs robes qui étaient immaculées. Le sang dont ils sont nés s'écoule sur eux : raffinement de barbarie inutile qui fait s'exclamer des « Ho ! » parmi les spectateurs écœurés :

— Que penser de cela ?

— Que le vrai peut quelquefois n'être pas vraisemblable.

Tous se disent que l'anecdote des fils de Jacques d'Armagnac mis sous l'échafaud paternel fera date, surtout quand ils voient que des soldats les en sortent tout couverts d'hémoglobine et qu'ils comprennent qu'en cet état les enfants seront emprisonnés. Louis XI est venu l'annoncer à la tête détachée du duc de Nemours qui a roulé en bord d'estrade :

— Félon qui m'a trahi trois fois, je vais jeter vos trois fils dans la nuit des cachots creusés sous la Bastille. Toujours revêtus de leurs robes souillées de votre sang et enfermés dans des cages biseautées afin qu'ils ne puissent s'y tenir ni debout ni couchés, ils seront battus deux fois par semaine et tous les mois on leur arrachera

une dent. Je ne les ferai libérer que tous les trois édentés.

Derrière le monarque, beaucoup s'éloignent en titubant :

— Capturé par ce roi, mieux vaudrait être une viole entre les pattes d'un ours !

— 4 —

Sortant d'un souvenir en même temps que de son bain de sang, Louis XI avoue :
— Je regrette.
— Vous, regretter quelque chose, sire, se peut-il ?
— Je regrette qu'il n'y ait bientôt plus de nourrissons dans les hameaux des environs.
Après avoir appuyé ses avant-bras sur les rebords de la cuve en étain, le monarque est parvenu à se lever, aidé par des domestiques qui versent ensuite des brocs d'eau sur lui afin de le rincer. Dans la vaste galerie du deuxième étage dont les fenêtres ont été ouvertes sur une cour fortifiée et la campagne avoisinante on ne distingue, du profil royal à contre-jour, que les contours blanchis de son énorme crâne, de son dos voûté et de son nez très proéminent, car le brouillard s'est dissipé. Aux cieux où semble luire un dernier météore, la rosée en l'air s'évapore. Par cette fraîche matinée, Louis ne s'occupe plus maintenant que du bruit des

feuilles et de la vitesse des nuages, mais soudain il frémit :

— Philippe de Commynes, n'ai-je pas entendu un « Qui vive ?! » de soldat précédant des sons de verrous ?

— Non, répond l'autre à l'écart en tenue de chambellan sous le plafond aux poutres peintes de rosaces. Calmez-vous, c'est le château qui s'éveille. À huit heures du matin la grille vient d'être levée et le pont-levis abaissé afin que des officiers arrivent pour organiser la garde de jour. Le rempart se remplit de monde et l'étendard fleurdelisé flotte déjà sur ses créneaux.

De ses membres inférieurs grêles et arqués, ayant enjambé le rebord de la cuve, Louis XI, plutôt grand pour l'époque – 1,70 mètre –, se trouve maintenant debout dans une bassine. Là, on lui lave le bas du corps alors qu'il se gratte au sang des démangeaisons à la poitrine et aux bras tout en déplorant une nouvelle fois la pénurie de ce qu'il appelait sa « terrible et merveilleuse médecine hebdomadaire » qui a fait la désolation de tant de parents aux alentours de sa forteresse mais il confie à son chambellan, nommé aussi historiographe du roi :

— J'ai une solution de rechange pour mariner dans autre chose qui corrigera l'âcreté de mon sang et le réanimera dans le but que je vive longtemps. J'ai vaguement entendu dire qu'au bord de la plus petite île d'un archipel, situé dans l'océan au large des côtes occidentales de l'Afrique, se trouve une substance propre à guérir un corps humain de quantité de maladies et qu'un commerçant de Honfleur, parti à la dérive et échoué là-bas, y avait trouvé de quoi effacer la lèpre dont il était atteint, alors j'ai aussitôt décidé d'y envoyer mon vice-amiral pour me rapporter ce qui pourrait guérir tous les maux dont je souffre.

— Quelle est cette substance et comment se nomme l'endroit ? demande Philippe de Commynes interloqué.

— C'est du sang de tortues de mer géantes nageant autour de ce que les Portugais ont découvert et baptisé *Cabo Verde*. Alors je veux de ce sang à flots. Presque vingt ans de règne m'ont appris comme on le verse. Il n'est pas mal parfois d'aider un peu la providence, précise le souverain que les mains de ceux qui l'essuient font tourner comme une marionnette.

On découvre alors maintenant, tour à tour, la longueur de son nez rouge, ses yeux enfoncés dans les orbites et partout son teint tellement terreux que le maître d'hôtel du roi lui-même vient le saupoudrer de farine de pois lupins pour blanchir sa carnation et qu'il paraisse à son avantage.

— Bon, ça suffit, Louis de La Mézière ! s'agace la majesté en toussant. Faites-moi plutôt vêtir avant de chasser ces domestiques qui en ont trop entendu ce matin. Vous m'en trouverez d'autres !

Pendant que les concernés, ne mouftant pas, apportent des vêtements singulièrement ordinaires pour un roi, Louis XI, repensant à son supposé miraculeux remède exotique, s'impatiente :

— Il faudrait que les tortues du Cap-Vert arrivent bientôt…

Puis avant qu'on l'habille, se reniflant les épaules, les aisselles et le buste, pris d'un frisson dévorant qui l'agite, il déplore :

— Je pue le vieux ! Maître d'hôtel, aujourd'hui encore, couvrez-moi la peau de pétales de violettes. Je ne sentais pas pareil quand j'étais enfant à Loches.

— 5 —

Coupe au bol, nez aquilin déjà courbé jusqu'à un bout vibrant d'impatience, il a le regard étrange de celui qui connaît son destin. Premier fils de Charles VII et n'ayant pas encore de frère cadet ou sœurs, dans une tour militaire suffisamment

solide pour supporter des tirs de canons, ne voyant presque jamais ni son père ni sa mère, à pas encore neuf ans il passe une enfance solitaire, reclus entre les murailles du château de Loches presqu'au bord des eaux de l'Indre. Il n'a que les insectes qui s'y trouvent comme êtres vivants autour de lui mais rusé et pervers il sait comment les capturer et prend plaisir à leur arracher les ailes, les pattes, pour ensuite les voir sans pitié s'agiter, impuissants et grotesques jusqu'à ce qu'ils s'immobilisent. Il jouit de la douleur des autres devant les yeux de son précepteur qui s'en inquiète. Appelé Monseigneur par celui qui est chargé de son instruction, lorsque Jean Majoris – maître ès arts – parle, Louis souvent se tait, écoute et observe les cartes ou les plans exhibés par le aussi licencié en droit et théologien qui a un réel talent de pédagogue. L'enfant est doué. Il sait déjà parfaitement lire et compter, connaît sa grammaire. Il sera bientôt capable de rédiger des documents administratifs avec une immense précision. Féru des mathématiques, il se passionne pour l'Histoire (surtout quand elle est cruelle). Un jour, entre deux cours et pour le divertir un peu, Jean Majoris, aux cheveux lissés sur son crâne puis qui ondulent jusqu'au ras des épaules, arrive en portant sur ses deux bras un énorme livre qu'il dépose sur une table devant son prestigieux élève :

— Monseigneur, voici le précieux manuscrit traduit en français d'un long texte du poète latin Ovide inspiré par la mythologie grecque et qui a pour titre Les Métamorphoses.

En tournant précautionneusement les pages en parchemin illustrées de nombreuses enluminures peintes à la main, il fait à Louis l'article du magnifique ouvrage :

— *Là, c'est Daphné qui se transforme grâce à son père en un laurier. Ici, cette miniature représente la naïade Syrinx se métamorphosant en roseau pour échapper à Pan. Page suivante, on peut lire l'histoire de plusieurs sœurs, les Héliades, qui, de chagrin, sont devenues des arbres dont les branches saignent quand elles sont cassées…*

Le dauphin destiné à devenir roi, bouche bée, paraît beaucoup s'intéresser à ce recueil aux multiples chapitres racontant des métamorphoses et demande à son précepteur :

— *Est-ce que tous ces personnages ne deviennent que des plantes ?*

— *Non, par exemple, là en Grèce, un dont j'ai oublié le nom combat et tue un dragon dont les dents plantées dans le sol vont devenir les premiers habitants de Thèbes. Ici, Diane, pour punir un chasseur d'un méfait, le métamorphose en cerf qui va être dévoré par ses propres chiens.*

Louis sourit. Majoris poursuit :

— *Alors voyons encore. Celui-là, s'étant métamorphosé en sanglier, se trouve démembré par sa propre mère et ses tantes.*

Louis trouve ça intéressant. Le maître ès arts tourne de nouvelles pages sentant la peau de mouton, mais soudain une petite main du dauphin l'arrête en plein élan :

— *Et là, c'est qui ?*

— *Arachné pendue à un arbre entre son métier à tisser et une toile d'araignée, renseigne le précepteur. Son père teinturier était fier de sa fille qui avait un don exceptionnel pour confectionner de splendides tapisseries et qui le savait, allant même jusqu'à prétendre que grâce à son talent elle n'avait aucun rival mortel de son niveau ni même divin : « Je suis au-dessus des dieux par mon génie unique. » Entendant cela, la déesse Athéna, tisseuse elle-même, descendit sur terre pour l'engueuler : « Comment oses-tu, humaine, affirmer que tu serais supérieure aux êtres célestes ? Je te lance un défi. » « D'accord », accepta l'autre. Alors devant deux cadres de bois les concurrentes se mirent à faire virevolter leurs fusées chargées de fils. Sur sa tapisserie, Athéna illustre l'invincibilité des dieux : Neptune chevauchant les hautes vagues d'une tempête, Jupiter déclenchant des éclairs extraordinaires, Apollon jouant de la cithare en traversant*

des nuages, etc. Les divinités y écrasent les mortels mais Arachné, sur sa tapisserie, les rabaisse. Elle en fait des fainéants et des ivrognes ridicules. Jupiter, tissé par elle, n'est plus qu'un détraqué obsédé qui se métamorphose en cygne pour abuser des femmes. Quoique le tissage de la mortelle ne glorifie pas la mythologie grecque, les fils de soie semblent directement jaillir de la fille du teinturier quand tous ses doigts volettent devant son métier à tisser jusqu'à la conclusion d'une tapisserie fluide et d'une finesse absolue, merveilleuse, tellement vivante. Lorsque Athéna doit se résoudre à admettre que son adversaire est autrement plus douée qu'elle, la déesse s'encolère et la frappe. Arachné alors se pend de dépit à un arbre, mais aussitôt Athéna tranche la corde pour que la punition soit pire. L'apparence de l'humaine encore respirante tombe au sol et s'y métamorphose. Elle rétrécit, devient toute petite et se tord. Ses membres se multiplient par quatre sur les côtés. Elle noircit. Des poils lui poussent et Athéna se penche pour lui annoncer :

— Arachné, te voilà devenue araignée. J'ai glissé dans ton abdomen une bobine de fil d'une longueur infinie et te condamne à le tirer éternellement pour ourdir partout des toiles. Puisque tu es si douée, tu ne cesseras plus jamais de tisser !

L'enfant, interloqué après avoir écouté ce récit dans la tour militaire du château de Loches, regarde une mouche marcher sur la miniature des Métamorphoses *qui l'avait intrigué. Il écrase l'insecte, de la dernière phalange d'un doigt qu'il lèche ensuite afin de se délecter du jus de sa proie.*

Pour un peu le précepteur tirerait bien une conclusion psychanalytique sur l'enfance trop solitaire de ce dauphin qu'il faudra forcément un jour appeler majesté. Pour l'heure, il lui trouve une étrangeté, une anormalité monstrueuse. Jean Majoris, de son regard doux et attentif, considère cet être fondamentalement double, complexe et insaisissable :

— À quoi pensez-vous, monseigneur ?
— C'est un secret entre mon ombre et moi.

— 6 —

En vieillissant, Louis XI a pris cher et semble malade, diminué. Son regard passe d'aigu à perdu. Par-dessus son crâne où se trouvent encore quelques touffes noires, rares comme des algues sur une roche éventée, il vient de se coiffer d'un bonnet rouge qui lui cache aussi la nuque :

— Je refuse d'être vu chauve à cinquante-huit ans.

— Mis à part Charlemagne, lui rappelle son historiographe à l'écart contre une cheminée sans feu, c'est un âge avancé qu'aucun roi de France avant vous n'a atteint.

— Ce n'est pas assez.

Le monarque a ensuite surmonté son bonnet d'un chapeau de feutre marron très épais :

— C'est pour amortir le choc en cas de nouvelles convulsions suivies d'une chute sur la tête. Depuis ma *percussion* [AVC] de l'an dernier, j'ai encore parfois des fumées dans le cerveau. Ne trouvez-vous pas que c'est triste, monsieur de Commynes ?

« Oui, bien triste », confirme le chambellan en allant distraitement par la droite, par la gauche, en direction du souverain qui le fixe alors de ses yeux soupçonneux dont il perce chacun :

— Eh, mon historiographe, par la Pâques-Dieu, il est curieux votre manteau gris. Qu'a-t-il donc à venir tourner ainsi autour de moi ? Restez en arrière et n'approchez que si je vous fais signe. Pourquoi un rouleau de parchemin déborde-t-il de votre poche ?

— Ce sont des rondeaux et des sonnets rédigés par la petite princesse écossaise à laquelle on vous a marié sans que vous ne vous soyez jamais vus alors qu'elle n'avait que cinq ans.

— Et moi sept dans la tour militaire de Loches. Ce fut un mariage stratégique simplement pour nuire aux Anglais. Ce n'est qu'à onze ans qu'elle a rejoint la France pour en devenir la dauphine lors de nos noces. Comment avez-vous obtenu ces poèmes ?

— Par un espion de la cour lorsque j'étais encore au service de votre cousin ennemi Charles le Téméraire, mais je pense maintenant qu'ils doivent vous revenir. En rimes bouleversantes elle y raconte ses déceptions, sa peine incommensurable, son dégoût pour vous. Pauvre petite Marguerite Stuart...

— Ce n'était pas ça qu'on m'avait fait épouser.
— Mais quoi donc alors ?
— L'Écosse.

Louis fait signe à son chambellan de venir lui remettre ces parchemins. L'autre, approché, les lui tend prudemment du bout d'un bras tout en disant :

— On raconte que c'est, à treize ans, après avoir fait vos armes en participant à la prise de Château-Landon pour en déloger la garnison anglaise, qu'ayant vu tant d'ennemis massacrés, de haches éclatant des crânes, de cervelles jaillissantes, de sang qui gicle dans le vacarme des masses et les cris du carnage, que vous en êtes revenu le lendemain soir, tout excité, afin de rejoindre, éperons aux talons, votre femme de onze ans pour son dépucelage.

Philippe de Commynes parle tandis que Louis XI, après avoir fait un autre signe pour qu'on l'habille tout d'abord d'un justaucorps de laine mauve, se rappelle la nuit de noces de son premier mariage...

Depuis une fenêtre ouverte du château de Tours, la petite Marguerite d'Écosse, vêtue de la soie blanche d'une robe nuptiale, voit venir son mari précédé de tambours. À travers la ville nocturne, illuminée de flambeaux, il est entouré de chevaliers en armure qui caracolent. Les rues ont vite été tendues de draps d'or pour fêter la victoire où le dauphin fut présent. Pour amuser la foule enthousiaste, un grand cerf-volant, représentant un pélican, vole au-dessus d'un nain cocasse qui tracte un géant enchaîné. Louis aperçoit aussi son épouse au premier étage de la façade du château. Elle est coiffée du très haut cône pointu d'un hennin d'où pend un voile translucide flottant. N'est-elle pas ainsi jolie comme une petite fée ? Lui, voulant prouver sa puissance à l'approche de ses quatorze ans et décidé à ce que Marguerite devienne femme, avance dans la cour du palais avec une assurance de criminel près de soldats qu'il cherche à épater et qui portent des torches. À l'intérieur de la forteresse, vers la nuit de noces qui se sera fait désirer à cause de l'urgence du siège de la ville rebelle, le bruit des éperons du dauphin résonne sur les dalles des marches qui mènent à l'étage. Entrant dans la chambre conjugale, il la salue jusqu'au sol, balayant le parquet de son chaperon puis annonce d'une voix haute et claire : « À l'attaque ! » Chaud comme sang face à elle douillette comme plume, il s'engage dans quelque aventureuse guerre d'amour physique sans issue. La voilà, à onze ans, vite toute en sueur et les yeux en lanternes. Il la chevauche tel que s'il débourrait une mule espagnole : « Je veux te réduire à l'obéissance ! » Loin de l'onctueux « Je vous marie » prononcé en latin lors de la cérémonie officielle, le nouvel époux se comporte comme un batteur de cuivre. Entendant ce qu'il se passe dans la chambre parce que sa fenêtre est restée ouverte, au milieu de la cour du château des courtisans se marrent : « Il m'est avis que notre dame Marguerite, ici, va très fort regretter sa moelleuse chambre de manoir écossais ! » Des dégâts, il y en a ! Louis foule aux pieds l'innocence de la dauphine. Il attaque son hymen comme à la masse, la mord au sang, la gifle à lui casser des dents pour le plus grand plaisir des badauds dans la cour à qui il veut démontrer qu'il est un homme désormais. Tout encore exalté par la victoire de la veille, il guerroie sa frêle épouse avec la même frénésie que les murailles de Château-Landon, lui fait pousser des cris jamais entendus car, après avoir détaché sa courroie d'un talon, il ravage profondément l'entrejambe de Marguerite avec un éperon dont la molette tournoyante détruit tout l'intérieur des entrailles de la princesse. Ensuite, la laissant en torchis et riant dans ses yeux gris, il sort de la chambre en gueulant : « Parbleu, voilà qui est fait ! »

— La petite fille a gardé le lit pendant trois jours. Durant un mois il a fallu l'aider à marcher, soupire le chambellan devant le monarque que les domestiques finissent d'habiller d'un simple costume de chasse.

Louis XI, sans grande majesté vestimentaire, se préfère en accoutrement bourgeois. Ne s'embarrassant guère de protocole ni de convention, il s'est débarrassé des oripeaux de la monarchie : « Je déteste les vêtements voyants et tissus précieux. Je ne porte du drap d'or fleurdelisé que lorsqu'il me faut jouer au roi », confie-t-il à Philippe de Commynes restant branché sur la première épouse de son souverain :

— Selon la rumeur, la pauvre pâle et grelottante, de ses mains, faisait souvent tel un voile afin de cacher son visage. Victime de la rudesse guerrière d'une bataille perverse pour un ragoût de gloire, sa blonde chevelure bouclée se trouvant peignée par une rugueuse gouvernante, l'exilée sanglotait fréquemment, gémissant à petits cris coupés : « Ô mes parents, ô mes brumes dorées, mon soleil écossais... » « Dauphine, il suffit ! France vaut Écosse ! » la rabrouait l'irascible chargée de s'occuper d'elle. Malgré d'autres assauts intempestifs de votre part, sire, elle ne tomba jamais enceinte – forcément –, donc vous l'avez délaissée. Votre cour la négligeant également, la princesse mélancolique se mit alors à écrire les sonnets et rondeaux désabusés que vous avez entre les mains.

Le roi déroule les parchemins tandis que, n'en ayant plus besoin, son maître d'hôtel lui demande :

— Que fais-je de ces domestiques pas sourds, hélas pour eux, dont vous voulez vous débarrasser ?

— Emmenez-les de suite à qui vous savez.

Le souverain jette, sans même les avoir parcourues, les poésies dans le sang refroidi des nourrissons de son bain. L'encre des chagrins s'y dilue alors qu'il se souvient...

À vingt ans, n'en pouvant plus durant un rigoureux hiver, Marguerite, torse nu qu'elle a trempé d'eau et un téton disparu car ayant été arraché par des dents, ouvre en grand la fenêtre de sa chambre par une nuit glacée pour, à la rambarde, attendre une pneumonie qui arrive.

Et l'historiographe conclut :

— Âme désabusée, ayant rêvé d'être l'hôte d'un pays béni, elle ne désirait plus qu'aller à la mort comme vers une délivrance. Entre dix et onze heures d'un soir, elle a clos ses paupières après avoir toussé : « Fi de la vie ! Qu'on ne m'en parle plus ! »

— Ah, ce n'est pas moi qui dirais ça ! s'exclame Louis XI n'étant maintenant qu'en compagnie du chambellan dans la grande galerie.

— Marguerite d'Écosse aura été votre première proie humaine, constate Philippe de Commynes.

— Il fallait bien commencer par quelque chose. J'ai choisi ma femme. Lorsque je l'ai quittée après la nuit de noces, le haut cône de son hennin avait la forme d'un tire-bouchon. J'ai la plaisanterie salace, chambellan, chacun le sait mais, bon,

41

ajoute le roi au chapeau, me voilà presque propret comme un ange.

D'une main, s'emparant d'un sifflet en argent qu'il élève entre ses dents pour appeler ses gardes, de l'autre il se caresse les joues en prévenant :

— Voici l'heure où il me faut rejoindre un fameux rasoir.

— 7 —

— Eh bien, que signifie ce retard de mon barbier ? gronde Louis XI, avant-bras posés sur les accoudoirs d'un haut fauteuil fleurdelisé dans la salle du trône lambrissée en chêne et aux murs couverts de cuir jaune bordé d'arabesques bleues.

— J'étais d'abord allé m'occuper des trois domestiques qui vous ont lavé et habillé, sire, se justifie, d'un accent flamand, un homme baraqué qui entre dans la salle, vêtu d'une tunique claire portant le tissu cousu d'une armoirie sur sa poitrine.

Un rasoir au manche d'os déplié à la main, il cherche un tissu pour en essuyer la lame. Tout près du trône élevé sur deux marches, afin de souffler dedans, il ose se pencher pour s'emparer du sifflet d'argent que le roi porte au bout d'un collier. Qui d'autre pourrait se permettre une telle familiarité avec Louis XI ?... qui ne s'en offusque pas plus que ça alors qu'un valet alerté se précipite avec un plateau chargé d'une cuvette, d'un pot contenant une substance constituée d'alcali de cendre mêlé à de la graisse animale, et d'une serviette dont s'empare le barbier pour nettoyer son outil de travail pendant que le monarque lui demande :

— Les as-tu tous trois bien piqués, Satan ?

— J'en ai fait des écumoires mais vous savez que je n'aime pas quand vous m'appelez ainsi, majesté !

— Maître Olivier, ton nom de famille d'origine, De Neckere, ne se traduit-il pas par le Diable, le Mauvais, le Génie malfaisant des eaux ?

— Mais en m'anoblissant, pour me faire plaisir vous l'avez changé par Le Daim. Voyez sur ma poitrine le motif de mon armoirie : un daim passant à droite d'un rameau d'olivier.

— Ce que tu peux être susceptible, Satan ! pouffe Louis en levant son visage vers les poutres du plafond.

Après l'avoir badigeonné de la substance pour atténuer l'irritation de la peau, le barbier fâché, approchant sa lame, dévoile trente-deux dents éclatantes en cuivre qu'il penche sur le souverain :

— Je tiens le rasoir et celui qui m'agace tend la gorge... Vous oubliez qu'on me nomme également ici Olivier le Mauvais daim.

— Ton regard m'en fait souvenir, répond le roi qui observe par en dessous les yeux sauvages d'un bleu faïence et les blonds sourcils épais du Flamand au front hautain brûlé par les vents du nord avant que d'ajouter, narquois et malin à plaisir : Moi, n'étant plus sur terre pour te protéger, la France deviendrait aussitôt pour toi l'endroit le plus dangereux du monde tellement les gens t'y haïssent. Satan, tu seras un jour pendu par le cou. La roue de la Fortune rétablira l'ordre des choses en te conduisant au gibet quand...

— Quand quoi, votre altesse ? Mon dévouement pour vous ne se démentira jamais. Je vous resterai fidèle jusqu'à la fin.

— Quelle fin, compère de dix ans plus jeune que moi ?

— Je ne suis pas comme Commynes, ah le beau traître, que vous avez récemment pris aussi sous votre aile. Après vous avoir vendu pendant longtemps les secrets de Charles le Téméraire avant que de passer à votre service, en vous voyant tout à l'heure sortir du bain, vous a-t-il décrit comme il le rédigeait pour votre ennemi ? J'ai appris son texte par cœur : « Louis XI est laid, bavard, disgracié, débile, superstitieux. Il a un nez bossué démesurément long. Ses jambes mal fichues sont déformées, sa démarche embarrassée. Il est nerveux, impatient, et il lui faut de grands efforts de volonté pour dissimuler les haines qui le rongent. Il a l'habitude de boire trop de vin. » Il évoque aussi votre méfiance excessive et vos colères violentes.

— Il n'écrira plus ça depuis qu'il est pris dans mes fils, prédit le roi en étendant tout doucement ses bras qui font sur les murs des ombres de pattes d'araignée. Ses mots me concernant seront maintenant calligraphiés avec la retenue d'un courtisan.

Pendant que son barbier lui essuie les joues, le monarque aimerait savoir :

— Te souviens-tu de notre première rencontre au bourg de Thielt près de Courtrai où mon père m'avait envoyé négocier à sa place parce qu'il était au plus mal ?

— Bien sûr. À bientôt trente-huit ans vous étiez encore dauphin même si ce n'était plus pour très longtemps. Après un accès de violence particulièrement perfide commis devant vous pour je ne sais plus quelle raison vous m'aviez remarqué et interpellé...

— Tu es bizarre, rustre, mais rusé et audacieux. De toi je pourrais faire quelque chose. Il me sera bon d'avoir de ces sortes de gens à disposition. D'où es-tu ?

— De ce monde je crois.

— Sais-tu à qui tu parles ?

— On m'a dit que vous serez roi et je pourrais vous servir en échange de rien.

— Je n'aime pas les gens qui ne sont pas guidés par un intérêt.

— Je, je je...

— Mais parle mieux. Quel bruit de chaîne dans ta bouche en cuivre !

— Je fus geôlier dans mes jeunes années. Je suis franc comme un coup de hache et hypocrite comme un nœud de corde. J'ai ces deux vertus.

— T'emmener, je le veux bien mais pour quoi faire d'officiel ? Sais-tu raser ?

— À Gand mon père est barbier.

— *Tu seras le mien. Sinon, habile, je ne t'ordonnerai jamais rien par écrit. De vive voix seulement, je t'instruirai du sale boulot qu'il y aura à faire.*

Alors qu'Olivier Le Daim replie la lame de son rasoir, le roi, quittant son trône, descend les deux marches qui mènent à un grand tapis puis rejoint une fenêtre à travers laquelle il regarde le paysage :

— Compère, ces temps-ci, que dit-on de moi dans les villages et les bourgs des alentours ?

— Du mal, sire. Que voulez-vous qu'on en dise d'autre ?

— J'ai pourtant, en deux décennies, rebâti la France. De mon père, qu'en restait-il lorsqu'on m'en a, enfin, confié le sceptre ? Orléans, Beaugency, Notre-Dame de Cléry, quelques parcelles ailleurs et c'est tout. Héritant d'un royaume en peau de panthère, j'ai patiemment tissé ma toile et repoussé les frontières du pays. Louvoyant pour éviter des guerres, je me suis employé à force de diplomatie et certes d'intimidations à rassembler des terres. Au décès de mon cousin ennemi, j'ai fait main basse sur la Bourgogne. J'ai restitué à la couronne les apanages du duc d'Alençon, des Armagnacs et des Bourbons. Et après la mort de mon oncle, le roi René, je suis parvenu à annexer l'Anjou et la Provence. J'ai ruiné des princes forcés à me vendre leurs États quand ils n'avaient plus d'argent. Ferdinand, roi d'Aragon, m'a vendu le Roussillon. L'Artois, le territoire de Boulogne, des villes sur la Somme, furent incorporés à la monarchie française dont j'ai fait le royaume le plus puissant d'Europe !

Très en verve et se retournant, Louis le Onzième se complaît à faire sa propre apologie. À ses yeux, les teintes du cuir des murs et les couleurs des arabesques deviennent plus vives :

— J'ai enfin fait cesser la si longue guerre contre les Anglais qui a peut-être duré un siècle !... J'ai fondé la Poste. Dorénavant les lettres circulent vite d'une ville à l'autre par courrier à cheval changeant de monture dans des relais toutes les quatre lieues. J'ai créé des routes que j'ai fait paver de province en province où j'ai multiplié les foires. J'ai établi l'unité des mesures et des poids dans toute la France. Avant, selon les régions, les choses pesaient ceci ou cela et lors des échanges commerciaux plus personne n'y comprenait rien. J'ai réuni les coutumes du Nord, du Sud, de l'Est et de l'Ouest pour en composer un code universel. Qu'ai-je fait encore ?... Je tisse ma toile merveilleusement comme jamais depuis Arachné. D'ailleurs, dans une dépendance de ce château, j'ai commencé à développer l'industrie de la soie et puis... Ah oui, j'ai ôté à des princes les charges importantes de l'État pour les donner à des gens troubles sortis de la fange tels que toi, le Mauvais que j'ai nommé ambassadeur, curieux ambassadeur en vérité mais qui me règle de façon expéditive bien des problèmes.

— Pour vous servir, sire !

— Je suis égoïste à ce point de n'aimer que les gens qui me ressemblent comme ce que tu parais avec ta face écarlate sous une tignasse de feu, tout chien d'enfer que tu sois.

L'ambassadeur royal (et comte depuis qu'il a été anobli) encaisse le compliment en mâchant ses lèvres puis fait grincer ses dents métalliques pour grommeler de plaisir les vagues sons d'un juron flamand tandis que Louis XI demeure intarissable lorsqu'il s'agit d'évoquer ses propres prouesses :

— Auparavant, les nobles opprimaient mais sous mon règne ce sont eux qui se trouvent opprimés. Pour agrandir le royaume j'ai porté un coup mortel à la puissance féodale alors pourquoi les paysans, ouvriers, artisans me rejettent ?

— Majesté, si vous avez évité soigneusement de répandre leur sang sur des champs de bataille, vous l'avez fait couler pour eux également sur des échafauds avec une profusion jusqu'alors sans exemple dans l'histoire de la France. Ceci dit, ce n'est pas moi qui vous en ferais le reproche.

Rusés et défiants, le barbier maléfique, tuant impunément pour son altesse, et le roi se comprennent à merveille alors ce dernier propose tout à trac :

— Et si nous allions nous restaurer ensemble hors du château, par exemple dans l'auberge de la bourgade mal nommée La Riche avec Commynes et le grand prévôt ? J'aimerais m'y goinfrer de sanglier ou de cerf en marinade en écoutant ce qu'on déblatère à mon propos.

— Tous les quatre serions immédiatement reconnus au milieu de gens qui nous exècrent, vous n'y pensez pas ! Surtout pour y manger du gibier alors que c'est parce que vous en avez tellement abusé que maintenant vous souffrez tant de la goutte. Votre médecin l'interdirait.

— Je n'ai ni hommage ni compte à rendre à personne. Allez, on y va. Mon alezan, je me sens ce midi de force à le monter encore. Cours l'annoncer à mon écuyer.

— Il me faut d'abord en finir avec les trois trucidés que je dois déshabiller pour les mettre en sacs et jeter dans l'eau des douves. Comme c'est parti avec les domestiques que vous changez souvent et parce qu'elles sont friandes de viande en décomposition, je crois que ça va être une année à écrevisses.

— Génie malfaisant des eaux, tu me mets en appétit.

— Sire, ne serait-ce qu'à cause de ma tunique illustrée de mon armoirie et de mes chicots cuivrés, je serais dans l'instant identifié, quant au grand prévôt en armure et Commynes vêtu de sa tenue de chambellan... On devrait peut-être bien s'habiller des misérables vêtements personnels des trois domestiques qui n'en ont plus besoin. Ceux de l'un d'eux, trapu, pourraient me convenir. Pour les deux autres ça devrait aussi à peu près aller. Vous, en chasseur, serez plus anonyme à part votre célèbre chapeau couvrant le bonnet rouge.

— Je me décoifferai de l'un et l'autre pour y aller crâne nu. Après tout, si ce n'est qu'en compagnie de vous trois... Toi, couvre ta tête d'un galure semblable au mien pour y rassembler ta tignasse et dans l'auberge pense à ne jamais sourire, n'y grignote que du bout des lèvres. Plutôt que mon splendide alezan royal qui intriguerait, réclame pour moi à l'écuyer seulement un mulet. Allez, partons *incognito* !

— 8 —

Quoique Olivier le Diable soit un peu à l'étroit dans son vêtement de domestique aux boutonnières trop tendues qui l'engoncent alors que le chambellan et le grand prévôt flottent dans des braies pas ajustées, le monarque apprécie leurs accoutrements disgracieux :

— Je crois que ces tenues ne vous vont pas mal.

Lui est en drap marron élimé ; si les gens qu'il croise savaient qui il est, ils seraient étonnés :

— C'est ça Louis XI ? Mais il ne porte pas pour vingt francs d'habits !

Monté sur un mulet pour rejoindre La Riche à moins d'une lieue de Tours, celui qui décide toujours seul pour le royaume fait sourire Commynes allant à pied près de lui ainsi que les deux autres :

— Sire, votre monture porte tout le conseil des ministres de la France.

Le roi chauve mal fagoté au tarin rouge qu'on pourrait prendre pour un bouffon ou un ivrogne, en tout cas pour un individu de vile condition, flaire l'âcre odeur de potences proches et voit des agriculteurs revenir des champs avec leurs pioches. Il longe un jardin planté de vignes sur treilles. Quand un bœuf le regarde passer, un âne ou un dindon, nul ne le reconnaît ni les fermières qui font pisser le lait aux vaches à l'entrée d'une petite étable. Il hume ensuite l'odeur des foins dans le vent. Au bord d'une fontaine rient des jeunesses qui ne lui jetteraient pas un sou parisis. C'est ainsi, d'apparence humble, pauvre et chétive, moins bien harnaché que le cheval d'un duc qu'il arrive à l'entrée du bourg. Devant la misérable auberge au toit couvert de chaume de l'impasse du Cygne, le grand prévôt avertit :

— Nous voilà à destination, majesté.

— Mais, imprudent, ne prononcez pas là ce titre ! M'apprêtant à y pénétrer, je m'expose dangereusement.

— Qui pourrait vous reconnaître, crâne complètement dégarni et en habit usé de chasseur ? Les clients penseront au mieux que vous êtes un vieux hobereau égaré.

— Qui ne sait pas dissimuler ne sait pas régner, mais je me méfie aussi de quelque maladresse de la part du marmiton de l'établissement. Je ne voudrais pas que ses sauces me soient malfaisantes.

— Je le surveillerai, promet, rasoir au creux d'une paume, le barbier en se marrant.

— Ne ris pas car on voit luire le cuivre de tes dents, Olivier le Diable.

— Eh, vous-même, ne m'appelez plus ainsi là-dedans ! C'est que moi aussi je tiens à ma peau.

Les quatre s'y aventurent par une porte qui fait souffler dehors de la fumée aux odeurs de graillon. Dans l'endroit plutôt sombre, le patois tourangeau d'un tisserand, d'un boucher, de quelques larrons, peut-être de pipeurs et de crocheteurs, charme les oreilles. Louis XI se mêle à ce bas petit peuple et à cette racaille. Il paraît s'accommoder de l'auberge. Son allégresse est de courte durée car, s'asseyant sur le banc d'une longue table et découvrant près de la cheminée le tenancier qui tourne une broche, il lui demande :

— Comment vont les nouvelles ?
— Bien puisque le roi va mal !
— Ah bon, mais qui dit ça ?
— Chacun le devine. Très longtemps qu'on ne l'a pas vu. On ignore à quoi il ressemble maintenant. Sans son bonnet rouge et son fameux chapeau un peu pareil à celui de ce monsieur, précise-t-il en désignant Olivier Le Daim, personne ne pourrait le reconnaître. C'est certain qu'il n'est plus le même que sur les pièces de monnaie à son effigie. Devenu très âgé, ça fait des mois qu'il a abandonné la chasse alors qu'il adorait ça. C'est un signe. Il fatigue. Il va crever.
— Approche, vilain.

Dans sa taverne, les cheveux crépus blancs du propriétaire sentent la laine et son double menton exhale le houblon alors qu'il dépose d'office sur la table graisseuse des terrines de pâtés et un bol de fruits à coque en ignorant que ce voyageur chauve auquel il s'adresse est son souverain :

— Tout le monde sait qu'il s'éteint comme une chandelle. C'est la rumeur de partout.

— Ah, je ne respire plus, suffoque Louis XI.

Près de lui, Philippe de Commynes tente de le rassurer d'un chuchotement à l'oreille :

— Ne vous épouvantez pas de ces racontars. Ce ne sont que des bruits de bourgade, bavardages de peuple.

Le monarque regarde au fond de la salle une pauvre fille à l'écart qui étreint contre sa poitrine amaigrie un nourrisson dont les cris réclament un lait tari. Après avoir pensé : « Belle marmaille quand même pour s'y baigner », il exige :

— À boire ! Qu'on nous serve du chinon !

C'est la femme de l'aubergiste qui s'en charge. Grasse et blanche comme une oie de Noël, elle apporte au milieu des quatre nouveaux clients des pots en grès plein d'un liquide rouge dont elle vante l'intérêt :

— Voilà un jus de vignoble local qui réveillerait un mort !... Espérons que ce ne sera plus le cas quand le roi aura enfin quitté son château, les pieds devant !

Ici, on abuse de barriques de vin alors que d'eau, aucune nouvelle, donc les langues se délient en reproches visant celui qui règne sur le pays :

— De ce roi que faut-il qu'on espère ? grommellent des paysans mangeurs de vieux oignons. Il met son peuple si bas qu'on en est presque au désespoir.

Sous les poutres noircies les plaintes crient haut concernant les ruineuses levées d'impôts qui appauvrissent. Devant le fort modeste repas d'un bout de hareng et quelques noix sèches, un gueux sans coiffe ni semelles s'en mêle :

— Si j'en suis là c'est parce que j'ai été affligé excessivement par une gabelle chaque année plus chère. Alors que le clergé et la noblesse en sont dispensés, si la taille royale augmente encore, comme c'est prévu, chacun deviendra comme moi.

Des marchands et artisans acquiescent d'un hochement vertical de la tête même si l'un d'eux se méfie de ces emportements intempestifs vociférés devant de nouveaux arrivants que personne ne connaît :

— Mais que vous êtes bêtes ! leur lance-t-il. Il faut toujours dire en France qu'on aime le roi, n'est-ce pas monsieur, prend-il à témoin Louis XI, que c'est plus sûr pour ne rien risquer plutôt que de répéter de vilaines histoires à propos de sa majesté ?

— Beaucoup de villageois de La Riche diffusent-ils de tels propos ? Savez-vous leurs noms ?

— Pourrais-je en dire un alors qu'il y en a tant ? Rien que dans cette auberge, je pense que c'est tous mais il ne faut jamais trahir.

— Ce ne serait pas là trahir mais servir le roi.

— Vous parlez comme si vous étiez à son service, s... Un peu plus, j'allais vous traiter de sire. Vous l'avez échappé belle !

Toute la salle rigole. Le tenancier s'exclame :

— Bon, il va être temps d'arroser de sauce le cuissot de biche !

Le souverain regarde aussitôt d'un air interrogateur maître Olivier le Mauvais reluquant les gestes du marmiton. La bouche tout occupée de noisettes, il ne sait rien répondre sans montrer ses dents mais il plisse ses lèvres jointes d'une mimique rassurante. Le roi qui, plus jeune, eut une tendance à l'obésité, aimant tellement le boire et le manger, a, ce midi, déjà beaucoup pioché dans les terrines dont une qu'il a terminée lui seul avant qu'arrive la pièce de gibier pour quatre dont il se sert la moitié. Il enquille également moult godets de chinon tandis que le grand prévôt déguisé en domestique, voulant prendre sa défense, intervient devant la clientèle :

— Sa majesté fait son possible pour vous...

— À d'autres ! s'indigne une femme. Quand le pain se vend cher, il s'en trouble peu. Le soir, tout en filant ma laine, j'y pense au coin du feu.

— En tout cas, il n'est pas mourant, je vous le promets, insiste l'officier militaire.

— Bien vrai ? demande le tisserand côtoyant le boucher.

— Mais oui et vous pouvez le répéter partout.

— Je dirai partout que vous l'avez dit.

Ensuite, d'autres dans la salle évoquent son épouvantable réputation de cruauté, d'emportements pathologiques. Le roi en a assez. Après avoir repris des fraises à la crème, trois fois, et du vin, il se lève puis sort en appelant ses comparses :

— Partons. Leur caquet à tous m'étourdit.

De retour dans l'impasse du Cygne, Louis XI pèse d'un poids nouveau sur son mulet étonné et s'interroge près du chambellan chroniqueur marchant à sa droite :

— Se faire aimer, est-ce bien nécessaire ?

Alors qu'à sa gauche va aussi son exécuteur de tant d'injustes condamnations, il ordonne à celui qui avance devant sa monture :

— Grand prévôt, filez rassembler de suite des soldats qui bloqueront les issues de cet établissement afin que personne ne puisse en sortir et foutez le feu à l'auberge.

Pendant que l'officier militaire accélère le pas et s'éloigne des trois autres pour faire exécuter la sentence, le monarque s'énerve après les clients râleurs rencontrés :

— Pas de discussion avec ces manants ! Un exemple, un exemple terrible vaut mieux. Ils se plaignent ? La charité commande d'abréger leurs souffrances.

Longeant un muret surmonté de marguerites, devant le visage de Commynes, il tend un bras pour en arracher une poignée. Pas mal torché par le petit vin de Chinon bu trop souvent cul sec, il effeuille la fleur dans la crinière du mulet – « Ils m'aiment un peu, beaucoup, à la folie... » – et, sous l'effet de l'alcool, se laisse aller à des confidences révélées au chambellan devant rédiger ses mémoires :

— N'en pouvant plus d'être encore dauphin à presque quarante ans, je me suis alors délecté dans un travail d'araignée tissant sa toile autour du père qui, me craignant, m'avait éloigné de lui. Tapi dans un château bourguignon, j'attendais mon heure en accomplissant ma tâche... Mon géniteur, absolument convaincu que j'envoyais à sa cour des espions pour l'empoisonner, finit par refuser tout net de s'alimenter. Tombé en agonie dans son château de Mehun-sur-Yèvre, il y est mort de faim ! La nouvelle m'est parvenue trois jours plus tard à Grenoble.

— *Monseigneur le dauphin, un messager en tenue de deuil arrive tout juste pour vous apporter un parchemin scellé de noir !*
— *En noir, l'as-tu vu ?*
— *Oui et ça vient de la cour.*
Louis décachette la correspondance aux cires noires. Il la lit, la plie et emploie le pluriel de majesté :
— *Nous voilà content. Le roi est mort ! Vive moi !*

Louis XI effeuille encore des marguerites – « ... passionnément, pas du tout ! » :
— J'avais aussi un frère cadet...
— Eh bien ? lui demande Commynes.
— ... qui fut empoisonné.
— Le fut-il par votre ordre ?
— Tout le monde le soupçonne, mais le traître l'avait mérité. Charles, duc de Guyenne, maigre, myope et faible de caractère, a passé les premières années de mon règne à se laisser influencer pour renverser le trône. Il fallait que cela cesse. Ce fut fait à Bordeaux par un moine bénédictin.

— *Ah, voilà mon confesseur Favre Vésois alors que ma maîtresse et moi allions finir de souper ! Quel est ce fruit que vous portez, moine bénédictin ?*

— *Je vous propose, duc, et à vous également, dame de Montsoreau, de partager une grosse pêche de taille singulière que j'ai cueillie spécialement pour vous plaire à tous deux...*

— *Merci. Si nous la croquions ensemble, chacun d'un côté jusqu'à ce que nos lèvres se rejoignent autour du noyau, ma mie ?!*

— La dame a expiré immédiatement après en avoir avalé un morceau, relate le roi. Mon frère, après de cruelles convulsions, est mort un peu plus tard.

— En attendant de le juger, poursuit le barbier à l'adresse du chambellan, le tribunal de Bordeaux a fait incarcérer le moine bénédictin mais le matin du procès il a été retrouvé, dans sa cellule, la gorge tranchée ! Par qui, alors là, allez savoir !... En tout cas, Bordeaux est une belle ville.

— Comme mon frère a disparu sans postérité, reprend le souverain, la Guyenne fut aussi intégrée au royaume. C'était toujours ça de gagné en plus.

Jambes ballantes le long des flancs de sa monture et crâne habituellement très blanc parce que toujours couvert mais devenant rougi d'un coup de soleil, il avance dans l'après-midi, la tête basse. Le vent de face gonfle une bosse dans le dos de sa vieille veste de chasseur alors que le chambellan aimerait savoir :

— Êtes-vous également pour quelque chose dans le décès dû à un flux de ventre d'Agnès Sorel, la favorite de Charles VII que vous détestiez et dont le cadavre fut retrouvé plein de sels de mercure ?

— Plus tard, demain ou un autre jour car je suis très fatigué, monsieur de Commynes...

Celui-ci fait le bilan :

— Mauvais mari, mauvais fils, mauvais frère, mauvais roi, ennemi dangereux, mauvais allié, mauvais rêve...

— Chacun sa marotte, n'est-ce pas ?

Enfin arrivé dans sa chambre le monarque qui, lorsqu'il a passé une funeste journée, ne veut jamais remettre les mêmes habits ni chevaucher le même animal, ordonne :

— Faites déchirer ces vêtements et donnez la viande du mulet à mes chiens !

— Moi, je garde le chapeau semblable au vôtre qui me va bien, décide Satan en renfilant sa tunique.

— 9 —

— Maître Jacques Coictier, approchez pour voir si j'ai la fièvre...
Avachi dans le fauteuil de son trône et maintenant revêtu d'une robe en velours noir ouverte sur la poitrine avec de très larges manches courtes s'arrêtant au-dessus des coudes, Louis XI s'adresse à un mince quadragénaire, couvert par l'hermine des docteurs et la poudre des écoles, parti ouvrir une fenêtre pour aérer tout en constatant :
— Tiens, là-bas, on voit une haute fumée d'incendie au-dessus de La Riche.
— Refermez les deux battants car comme je frissonne soudainement !... N'est-ce pas ce maudit vent du nord que j'ai croisé tout à l'heure qui maintenant tente de me tuer ? Oh oui, je le sens. Le voilà qui souffle jusqu'ici une poussière de cendre. Refermez la fenêtre ! Cette bise venant du hameau crispe mes nerfs et nuit beaucoup à l'efficacité de vos remèdes.
— Ce matin, j'espère que vous ne les avez pas oubliés dès le réveil, une fois sorti de votre sommeil ?

— Mon sommeil, je ne le vis plus souvent. Tâtez mon pouls.

— Quoi, vous ne les auriez pas pris ? Ce serait donc à moi de vous tendre les potions ? Il y a dix heures qu'elles auraient dû être ingurgitées.

— Vous parlez un peu haut pour un médecin.

Après avoir clos l'ouverture dans le mur et même tiré un voilage devant, Coictier réélève la voix quand même face au roi à nouveau coiffé d'un bonnet rouge sous son chapeau habituel :

— Allons, sire, ne faites plus l'enfant et que je vous voie avaler de bonne grâce cet autre breuvage que je vous apporte. C'est un mélange de fumeterre, eau de rose et hysope, tisane d'aubépine et chaton de saule. Je fais appel à la nature. Allons, buvez tout d'un coup.

— Coictier, vous m'en avez déjà souvent hydraté et que m'a-t-il fait, ce soin ? Rien mais... les tortues géantes du Cap-Vert, oh, quand arriveront-elles ? Tarderont-elles encore longtemps ? J'ai également entendu dire que les ongles d'élan râpés et ingérés redonnent de la vigueur. J'ordonnerai à mon secrétaire de faire venir des pays du Nord plusieurs de ces animaux.

Le roi rote. Le docteur s'agace :

— Sire, votre haleine sent trop le vin et une forte odeur de gibier en cours de digestion.

— Oh, juste un peu de biche...

— ... Alors que vous êtes sujet à la goutte ?! Voilà qui devrait relancer votre hypertension se manifestant par les crises hémorroïdaires dont vous êtes coutumier. Nous n'en sommes plus à l'époque où sa majesté avait bon pied, bon œil et bon estomac.

— Allons, ne grondez pas, médecin, et plaquez un pouce au creux de mon poignet.

— À quoi bon ? Souffrez sans moi et mourez si c'est votre désir. Tenez, le mal est fait et vous voilà blême, mais ne venez pas vous plaindre !

— Plus bas, la tête me tourne au moindre de vos cris.

— Allez, se reprend celui qui est chargé de la santé de celui qui gouverne, voyons ce pouls. Effectivement, il bat anormalement mais c'est d'abord la peur vous agitant qui en est la cause. Je la sens au mouvement du pouls, cette fièvre de crainte qui deviendra peut-être fatale.

— Ah, ne parlez pas ainsi. Vous m'ôtez la respiration ! Est-ce grave ? Le temps avec sa faux fait-il déjà de fiers moulinets au-dessus de moi ?

— Sire, les santés les plus faibles sont parfois celles qui tiennent le plus longtemps.

— Oh, docteur, que vous êtes glissant. Vous me fuyez sous les mots...

— 10 —

Toujours dans la salle du trône qui maintenant s'assombrit et dorénavant en présence, dans un coin, d'Olivier Le Daim qui ne dit rien, Louis XI s'exclame alors qu'un page vient d'ouvrir la porte à un visiteur :

— Ah, voilà à la tombée du jour le hibou qui vole au crépuscule ! Soyez le bienvenu, Simon de Phares. Je vous attendais.

Celui-ci, barbu vêtu d'une robe bleu nuit à fourrure piquetée d'étoiles en argent, ceinte d'une large ceinture aux signes du zodiaque cousus, porte une sorte de grimoire en allant vers le fauteuil du monarque au dossier surmonté d'une couronne royale taillée dans le bois.

— Non, n'avancez pas plus près, ordonne le souverain à son astrologue. Restez devant le bord du tapis, vous qui lisez si bien dans l'avenir.

— Oh, votre majesté me suppose plus doué que je ne le suis, répond de façon faussement modeste Simon de Phares en caressant sa barbe d'une main alourdie de bagues décorées de planètes.

— Je dis ce que je sais. Je me souviens que, concernant mon cousin de Bourgogne, vous m'aviez prédit sa mort à Nancy.

— C'est surtout vous, sire, qui avez été pour quelque chose dans son brutal décès...

— Astrologue, comme je vous l'ai réclamé, avez-vous apporté mon horoscope de naissance ?

— Le voici avec ses quatorze pages.

— Lisez-le-moi.

De Phares se racle la gorge puis se lance en parcourant la première feuille volante de parchemin :

— Pour Louis, premier fils du roi de France Charles septième, né le 3 juillet 1423. Il sera un peu plus haut que de taille ordinaire, de constitution moyenne...

— Passez les détails !

— Il voyagera beaucoup sur les mers.

— Cette prédiction de votre collègue de l'époque est fausse.

— Le soleil entrant dans le signe du Bélier, les trois planètes les mieux représentées dans son thème sont la Lune, Jupiter et...

— On s'en fout.

— En tant que personnage lunaire, lunatique, il devra faire avec ses humeurs.

— Et les autres aussi !

— Jupiter, la planète de la bienveillance, ne fait pas partie des dominantes de son ciel natal.

— Tiens donc ?

Simon de Phares saute un long passage aux termes techniques qui seraient trop fastidieux pour le roi puis aborde le deuxième parchemin :

— À sa grande volonté d'expansion se mêlera une forme d'exagération en tout.

— De quoi s'est-il mêlé, ce diseur d'oracles ?

— Sa sensibilité, ses émotions, passeront après la réflexion et, de ce fait, il sera considéré aux yeux de tous pour un joueur habile mais sans cœur. Psychologiquement, il sera d'une nature bileuse constituée de pulsions agressives jusqu'à la métamorphose de son être.

— Arachné... souffle Louis.

— Louvoyant avec une sournoise inquisition, il laissera les autres perplexes ou étonnés par son comportement. Il pourra être destructeur, calculateur, têtu, angoissé, pervers, sadique, égocentrique, complexe, cruel...

— Oui, bon, ben ça va maintenant ! Comment s'appelle l'astrologue qui a rédigé ça et où peut-on le retrouver ?

— Il est mort depuis longtemps et mis sous terre sous une météorite.

— Il y a une suite ?

Après avoir encore changé de peau de mouton spécialement apprêtée pour l'écriture, De Phares reprend :

— Avec lui, la passion rimera souvent avec tension ou drame. Ce sera le prix à payer pour vivre sous son règne. Il cherchera à s'entourer de manière optimale, aussi choisira-t-il avec un soin fort singulier ses collaborateurs.

Olivier le Mauvais sourit en faisant apparaître le cuivre de ses dents alors que Louis XI réclame :

— Allez directement à la fin.

— Durée de vie : pas au-delà de soixante ans.

— Quoi ? Mais c'est trop peu ! Ça signifierait qu'il me reste moins de deux ans d'existence ! Vous qui êtes éclairé des vives lumières de l'astrologie, raclez l'encre de la dernière ligne de ce méchant horoscope et reculez la date de ma mort ! Ou plutôt, mieux, je veux que vous n'inscriviez rien en remplacement comme si un décès n'était pas prévu dans mon thème astral !

— Mais majesté...

— J'ai dit : « Je veux. »

— Soit !

Simon de Phares en allé, grommelant « Quel orgueil insensé », Louis XI rejoint son barbier pour qu'après avoir franchi une petite porte dérobée, celui-ci le conduise à sa chambre par un escalier extérieur. Sorti donc de la salle du trône, alors qu'Olivier Le Daim commence à descendre des marches, le roi s'arrête sous une tourelle sombre afin de respirer l'air du soir et d'implorer les étoiles pour son propre corps :

— Par pitié, donnez-moi de l'immortalité.

— Décidément, sire, soupire son « compère », elle vous préoccupe de plus en plus votre fin de vie...

— 11 —

— Cette nuit, j'ai fait un cauchemar. Crâne couronné et vêtu de ma cape royale, je tombais à l'intérieur d'une sorte de grand tube vertical d'une profondeur infinie et envahi de boyaux de porcs pleins. Étendant mes bras sur les côtés, du bout des doigts, je pouvais sentir les bords de la paroi circulaire aux humides pierres lisses et glissantes. Je m'enfonçais parmi les intestins porcins grêles et gros absolument gonflés. Grâce à des articulations lentes de coudes et de genoux je tentais de remonter vers la surface, mais à chaque geste que je faisais je descendais un peu plus. Sans personne pour m'y repêcher, englouti au milieu des boyaux tendus, prêts à exploser, je me disais en tentant de me débattre au ralenti : « Des fleurons de ma couronne, de mes ongles ou de mes dents, il ne faut pas que je les crève. »

« C'est vrai que, sinon, vous auriez été dans la merde ! » se marre Jacques Coictier tandis qu'Olivier Le Daim reconnaît : « Je n'aurais pas aimé être là-dedans ! » et que Philippe de Commynes constate : « Ça ne donne pas envie de manger de l'andouillette. » Simon de Phares, près d'une cheminée éteinte, ne dit rien en observant les dos du médecin, du barbier, du chambellan, devant le monarque alité, nuque posée sur deux oreillers, et qui geint. L'astrologue scrute la scène comme si, muni d'un astrolabe, il vérifiait le positionnement de trois planètes devant un astre. Il porte sous un bras une reliure en maroquin rouge aux armes du roi contenant son horoscope modifié dans la nuit mais, ce matin, tout le monde s'en fout.

— Vous avez mal où, sire ? questionne celui qui est couvert par l'hermine des docteurs.

— Des douleurs au fondement m'empêchent de m'asseoir.

— Tournez-vous sur le ventre. Je vais soulever votre chemise de nuit. Waouh !...

Faisant dos à Simon de Phares et loin de se demander si Jupiter entre en Mercure ou si Vénus..., chacun ici n'est plus que stupéfait par le trou du cul astral de Louis XI. Quel bordel que ce soleil tout débordant de circonvolutions énormes et emmêlées aux teintes brillantes roses et beiges entre lesquelles s'échappent des flatulences très malodorantes !

— Mais qu'on écarte les rideaux sur cette tringle puis les deux vantaux aux vitraux colorés afin de mieux voir et d'être capable de respirer ici parce que, majesté, vos ventosités !... s'emporte le médecin de mauvais poil.

C'est Olivier le Diable, dans son costume d'ambassadeur, qui s'y soumet, allant ouvrir la fenêtre en ogive, puis qui trottine à travers la chambre, tourne autour des tables, des chaises, des guéridons sur le sol pavé de mosaïques en s'inquiétant pour la santé du roi alors que le docteur, lui... gronde malgré que son royal patient le supplie :

— Oh, maître Coictier, je me sens si mal. Secourez-moi.

— C'est de votre faute, s'énerve le thérapeute excédé. Vous ne crachez ni sur le vin ni sur les épices et le gibier ne vous vaut que goutte, vous mettant plein de biles en mouvement alors vous voilà l'anus en chou-fleur !

— Je ne mangerai plus de biche, promet le monarque.

— Ni moi maintenant de choux-fleurs... transpire le chambellan devant ce qu'il voit entre les fesses du roi ne le mettant pas en appétit.

Ces hémorroïdes-là sont tout à fait spectaculaires. C'est à ne pouvoir même pas tenir debout. Coictier, remontant une manche de la chemise de nuit du roi, diagnostique aussi une affection cutanée le long des bras.

— Croyez-vous que j'aie la lèpre ?

— Non, une dermatose sénile comme il en apparaît souvent sur la peau des gens au déclin de l'âge... Alors, à ça, si on ajoute vos brûlures d'estomac, vos crises de foie, une sclérose cérébrale dont tous les symptômes apparaissent... Tâtons votre pouls. Mauvais sang, comme il s'agite ! Il va falloir se résoudre à l'inéluctable, sire, car, comme l'a dit un sage, à la fin tout arrive.

— Je vais donc si mal ?

— Préférez-vous entendre la vérité ou un mensonge ? Vous avez mauvaise mine.

Louis, toujours à plat ventre et la tête de profil sur les oreillers, fronce ses sourcils et se passe des doigts sur les yeux :

— Mais vous allez me sauver, n'est-ce pas Coictier ?

— Ça dépend. Avez-vous de l'or à me jeter dans les paumes ?

Le souverain grince les dents :

— Non, mais j'ai de la corde à nouer autour de votre cou.

Le barbier, resté près de la fenêtre, apprécie la royale réplique en dessinant, de l'index, un gibet dans la buée d'un carreau. C'est sa manière de tuer le temps pendant la consultation du peu réconfortant médecin. Louis XI souffre pendant que le docteur ricane, ouvrant la boîte en noyer, contenant des remèdes, qu'il a apportée. Avec une pince il ôte d'un bocal en verre trois petites bêtes noires et luisantes qui gigotent :

— J'applique des sangsues sur vos hémorroïdes externes, le temps que je prépare un onguent fait de jaune d'œuf et d'huile de rose afin de les en badigeonner. Pour les hémorroïdes internes, je passerai à autre chose.

Sur son lit incrusté de motifs en étain, le roi morfle, se faisant aspirer à vif l'hémoglobine de ses dégueulasseries au cul :

— Hou, la, la ! Ah, Coictier, si jamais ce traitement s'avérait inutile !...

Le médecin pose ses instruments :

— Quoi, sire, vous me menacez ? Mais je ne vous crains plus et connais vos maladies mieux que quiconque. Si vous pensez en savoir davantage eh bien guérissez-vous tout seul, ajoute-t-il en s'apprêtant à refermer sa boîte et à filer vers la porte basse cintrée de la chambre donnant sur un couloir. Vous n'aurez qu'à demander au chambellan de retirer les sangsues avec ses dents !

Philippe de Commynes croit qu'il va vomir. Le monarque se calme :

— Médecin, ne prenez aucun chagrin à mes propos. Ce sont les maladies qui causent de pareilles erreurs. Agissez à votre façon et empêchez-moi de vieillir puis de... Je sais que cela dépend de vous. Faites en sorte que j'occupe le trône au moins une ou deux décennies encore ! J'y suis monté un peu tard... En tout cas, je vous jure que tout à l'heure je n'envisageais pas de vous jouer un mauvais tour.

« Tant mieux, car je vous préviens qu'il retomberait sur vous. Si je suis exclu d'ici à la manière de tant de vos domestiques, vous ne vivrez point six mois après ! » s'exclame insolemment Jacques Coictier qui, à l'aide d'une spatule, décolle les sangsues toutes gorgées qu'il part jeter près de la cheminée, dans une corbeille, en passant devant l'astrologue stupéfait qui lui murmure à la volée :

— Quel ascendant prenez-vous tout d'un coup sur le roi ! Je n'ai jamais entendu personne le maltraiter comme ça.

Au retour, le médecin avoue :

— Ceci dit, du temps où il était bien portant, je ne lui aurais pas parlé ainsi.

Simon de Phares apprend beaucoup en voyant comment s'y prend Coictier dont le visage pointu tient un peu du rat mais qui redevient ce qu'il est également : le meilleur thérapeute du royaume, celui dont le souverain ne saurait se passer et qui maintenant, à l'aide d'un large pinceau, peinturlure d'onguent les sanglantes boursouflures anales du monstre couronné tout en proposant :

— À propos de sang, étant donné la récente carence en nourrissons dans la Touraine, dorénavant je ferais volontiers boire quotidiennement à sa majesté celui d'enfants un peu plus âgés qui seraient sains...

— ... et dont les cheveux ne seraient pas roux car ça porte malheur ! alerte le monarque se révélant soudainement superstitieux. Par exemple, de celui de Satan, vous ne m'en ferez jamais avaler un godet.

« D'autant moins qu'il faudrait d'abord venir m'en tirer », rappelle, faisant briller le cuivre de ses dents et sa lame de rasoir, le solide barbier qui fixe d'un air mauvais le docteur qui s'en tape car il se sait devenu intouchable même par le Génie malfaisant des eaux (ils ne sont pas beaucoup à pouvoir se le dire). L'historiographe de Louis XI part s'asseoir devant une petite table et ses manuscrits où, à la plume d'oie, il prend des notes :

Ledit médecin luy estoit si bien rude que l'on ne diroit point à un valet les outrageuses et rudes paroles qu'il luy disoit.

Après la prescription de sang d'enfants en ingestion comme une transfusion sanguine pour rajeunir la veine épuisée de Louis, le docteur lui tend vers les lèvres, au ras des oreillers, un petit flacon plein qu'il secoue :

— Avalez ce breuvage, avalez et point tant de façons ! C'est de la limaille d'or immergée dans du lait d'ânesse. Bientôt ce sera mieux : de l'or potable.

— Or potable ?

— En Suisse, le savant Bartholome Buneys parvient à en obtenir, versant une solution de chlorure d'or dans une huile volatile. Bon, ça vous coûtera seize mille livres tournois pour en avoir mais des alchimistes travaillent à la fabrication de l'or comme médecine universelle. Il paraît que c'est souverain, alors nous allons y avoir recours. Ensuite, selon l'effet, je tenterai autre chose. J'ai différents élixirs à vous faire prendre. Il faudra bien qu'à la fin nous parvenions au bout de vos maladies, toutes rebelles qu'elles soient, si vous vous montrez généreux envers moi... Mon art m'offre des ressources infinies ignorées de tous les autres médecins, par exemple celle-ci. Écartez vos fesses.

Jacques Coictier agite, tel un hochet, devant Louis XI quelque chose qui ressemble à un suppositoire à base de racines d'iris enveloppées dans un morceau de laine cousu et trempé dans du miel et de la myrrhe :

— C'est pour apaiser vos hémorroïdes internes. Allez, prenez courage, sire. Ce sera l'affaire d'un instant.

Outre ses indéniables talents médicaux, le docteur Coictier, qui a su trouver la faille mentale de son protecteur semblant maintenant prêt à délier largement les cordons de sa bourse et à combler d'honneurs et de récompenses si on lui promet de vivre encore, trouve aussi, parmi le fatras de boursouflures couvertes de jaune d'œuf, l'entrée du douloureux anus royal à l'intérieur duquel il glisse sans façons un doigt pour pousser le suppositoire en laine (rêche, pas en cachemire !) tout en réclamant :

— Pour mon neveu, je veux l'évêché d'Amiens !

— Hou, que ça pique ! Il est évêque votre neveu ?

— Non, curé.

— Évêché accordé !

Coictier glisse un second doigt :

— Et pour moi, j'exige la châtellenie de Saint-Germain-en-Laye qui vient d'être libérée car sans héritiers.

— Je vous la donne aussi, mais retirez vos doigts de mon cul !

— 12 —

Un peu plus tard, le travail des sangsues et le suppositoire en laine commençant à lui faire de l'effet, Louis XI a pu être revêtu, comme à son habitude, en habit ordinaire. Son blanc bonnet de nuit a été remplacé par le rouge surmonté du célèbre épais chapeau de chasseur en feutre. Encore assis au bord du lit, jambes pendantes, il regarde le médecin, l'astrologue et le chambellan quitter la chambre tandis qu'y pénètre son secrétaire qu'il a fait convoquer :
— Thomas Triboult, ouvrez toutes les dépêches.
— Même celles venant de l'étranger ?
— Bien sûr.
De cela, resté près du monarque, Olivier Le Daim s'offusque :
— Mais, mon roi, ordinairement, en tant qu'ambassadeur, c'est moi qui...
— Toi, Satan, rase-moi.
Le barbier vexé aiguise sa lame pendant que le secrétaire décachette des cires jaunes puis parcourt les correspondances :
— Tiens, une fort belle lettre du pape !

— De Sixte IV ? Vous l'avez lue ?
— Il vous compare, en mieux, à Charlemagne.
— À propos de sa longévité ?

Triboult résume une requête papale mais si Louis l'entend, il ne l'écoute pas. Trop faible, surtout aujourd'hui, pour s'occuper des affaires de l'État à moins qu'elles revêtent un caractère d'urgence, il laisse ses conseillers expédier les affaires courantes même provenant du Vatican. Il devient plus attentif lorsque le secrétaire évoque les animaux nordiques dont les ongles (râpés) pourraient le guérir de bien des maux :

— L'explorateur que, sur vos ordres, j'ai fait partir pour Riga vous signale qu'il sera de retour dans quelques mois avec des couples d'élans et qu'il vous en coûtera mille huit cent soixante-quinze livres.

— Dépêche suivante ! réclame le souverain.

— Sire, après l'arrivée à Paris de trois premiers imprimeurs allemands – Martin Crantz, Ulric Gering et Michel Fribulger – voulant y installer leurs machines, le parlement vous demande l'autorisation de pouvoir les poursuivre et les incarcérer pour sorcellerie.

— Demande rejetée. Avec de petits morceaux de plomb mis en ordre et disposés par lignes sur des châssis, ces doctes allemands mettent la pensée en volume. Je ne saurais trop les encourager. Je veux qu'on les établisse en Sorbonne et les laisse expliquer aux Français comment s'y prendre.

Louis XI va seul, sans consulter quiconque, par la voie des nouveautés. Il tourne le dos au passé, s'en moquant ainsi que des parchemins pour préférer un système plus moderne sur du papier.

— Oh, tu m'as coupé, Satan, et me rases ce matin comme cochon qu'on brûle. Quelle fièvre te prend ? Ta lame est braise. Essuie-moi.

— Ce sont vos maladies de peau, mon roi, qui la rendent plus sensible.

— Encore une dernière dépêche, Thomas Triboult ?

— Celle du maréchal Joachim Rouault venant de faire écarteler les chefs de la rébellion qui a éclaté à Reims pour raison de hausses d'impôts.

— Je continuerai d'augmenter les tailles. On a démembré des corps, à la bonne heure. Prends donc garde, toi, tu me coupes encore. Oh, le barbier maladroit ! Est-ce fait ?

— Oui, sire, vous êtes rasé.

— C'est heureux.

— Majesté, revient à la charge le secrétaire, dans plusieurs cités du royaume, concernant les nouvelles taxes, le sang de vos sujets coule à flots.

— C'est heureux tout le temps que ce n'est pas le mien, mais il y a dans ces événements un fâcheux pronostic, une bravade coupable envers le roi de France, un fol essai d'embrasement révolutionnaire qu'il va me falloir savoir éteindre.

— Concernant cette affaire et bien que chacun sache que dans votre château du Plessis-lès-Tours aucun seigneur ou prince, surtout accompagné d'une suite, n'est admis, le ministre des Finances, comte de Meulan, attend devant les grilles du premier pont-levis pour que vous lui accordiez un moment d'audience.

— Est-il seul ?
— Oui.
— Et donc, il se persuade qu'il n'a qu'à frapper à la porte du Plessis pour qu'elle s'ouvre ? Mais après tout... jusqu'à la salle du trône, laissez-le venir.

— Permettez-moi, sire, de vous aider à la rejoindre également, se propose Olivier Le Daim, car vous me paraissez encore bien mal.

— 13 —

Au centre d'une plaine, à l'extérieur des remparts de la résidence royale du Plessis-lès-Tours, cliquetis des chaînes du premier pont-levis. Des verrous grondent. Des serrures grincent. Le visiteur, après avoir traversé des cours, pénètre à l'intérieur de l'édifice, monte les marches d'un escalier à vis. Le long d'un couloir, s'étire sa trace d'ombre. Ses yeux sombres reluquent les angles les plus obscurs du château et le comte de Meulan progresse sans dire un mot aux trois gardes qui l'accompagnent. Un porte-flambeau va devant lui. Sur sa droite, des fenêtres étroites sont garnies de barreaux en fer à travers lesquels le ministre des Finances perçoit la nappe dorée de la Loire. Au-delà, les campagnes se taisent. Il avance vers un être chimérique dans sa forteresse. En s'y risquant, on met sa vie en jeu. La porte de la salle du trône s'ouvre pour le laisser entrer, tout gesticulant en habits colorés, tandis que, sous son fameux chapeau rabattu sur le front qui lui cache en partie les yeux, la majesté, ayant un éclair de lueur dans le regard, lui murmure :

— Imprudent papillon…

Assis par-dessus deux épais coussins rouges bordés de fils d'or placés aux bords extérieurs de ses fesses afin que les hémorroïdes pendouillent à leur aise au milieu, le roi se trouve sur son trône près d'une petite table chargée de fruits. Habile aux ruses et aux caresses du langage, il commence par dire :

— Eh, bonjour, comte de Meulan ! Que je suis ravi de vous recevoir. Approchez, cher ministre des Finances, approchez car je suis moins votre souverain que votre ami...

L'autre s'incline profondément pendant que les trois gardes qui l'ont conduit ici s'alignent contre la porte close, munis de hallebardes et prêts à intervenir au cas où. Olivier Le Daim qui s'apprête à partir est stoppé d'un :

— Ne t'éloigne pas, Satan. J'aurai peut-être besoin de toi.

Le visiteur, qui ne l'avait pas remarqué dans la vaste salle, pivote d'un coup sa tête vers une fenêtre devant laquelle Olivier le Mauvais lui exhibe sa dentition métallique. Comme tous les nobles du pays, Meulan se trouve paralysé par la crainte du barbier du roi, bras armé de sa tyrannie, mais Louis XI, d'un air affable, cherche à le rassurer. Sans grands éclats, « l'Universelle Araignée » tisse sa toile en mots doux et cela danse comme au bout d'un fil qui s'allonge. Ça paraît enchanté de votre visite. C'est joyeux. Alors que vous avancez, redevenu confiant, ça vous lance un abricot mûr pour vous désaltérer. À peu que cela ait, tout à l'heure, crié « Noël ! » en vous découvrant mais ça prévient tout de même :

— Ne venez pas marcher sur le tapis ! Restez devant le bord ! On ne va pas plus avant.

— Sire, se lance le ministre des Finances pour justifier le but de sa visite, dans ce pays de quinze millions d'habitants qui certes vous doivent une totale obéissance, un peu partout la révolte gronde à propos de la récente très excessive et brutale hausse des taxes sur la vente des marchandises, la gabelle qui frappe le sel, et la taille que ne paie que le tiers état alors que, par écrit, je vous avais mis en garde contre les dangers de trop d'impôts gourmands. Ce à quoi, via votre secrétaire, vous m'aviez promis…

— Ma mémoire est en défaut sur ce point, l'interrompt Louis XI semblant étirer un autre fil. Aidez-la donc un peu. Qu'avais-je promis, comte ?

— Que vous n'augmenteriez pas les impôts.

— Ah mais oui, en effet, il me semble que j'avais promis cela. Il est vrai que ce fut une faute, monsieur le ministre des Finances, mais je crois qu'à aucun moment le roi ne doit en être accusé. Ce serait trop grave. Il faut donc déplacer la responsabilité.

— Comment cela ?

— Je vais vous faire arrêter.

— Moi, sire ?…

— Au sous-sol de cette forteresse, dans ses geôles venteuses et humides qui servent de prison royale, vous serez jeté au fond d'une oubliette si sombre que jamais vous ne reverrez le jour ni personne et qu'aucun être, de votre famille ou autre, ne pourra venir m'implorer votre pardon.

— Majesté ! s'empêtre la proie.

— Comte, je ferai savoir dans tout le royaume que la faute commise vous incombe et que pour cela vous avez été condamné. Ça calmera le peuple sans que j'aie besoin de changer quoi que ce soit.

Du monarque inquiétant, plus ou moins sain d'esprit, on croit voir partout des fils blancs s'étirer de ses malices :

— Cher Meulan, quel autre moyen aurais-je de sauver la gloire et l'autorité du roi ? Vous ne voudriez tout de même pas que mes sujets se disent que Louis le Onzième a fait une bêtise ? Il faut comprendre aussi !

Dos tourné, en silence, Olivier éclate de rire dans le reflet d'une vitre. L'autre, maintenant complètement embobiné, ne bouge pas plus qu'une bûche devant la royale araignée qui constate avec délectation :

— Vos yeux s'embuant de larmes, ministre des Finances, semblent sortir de votre tête.

— Si sa majesté le permet, je dirais…

— Silence !… Et allons, allons, comte, n'arrosez pas le bord du tapis en plus. Holà, gardes, saisissez-vous de lui ! conclut-il en désignant le ministre qui regrette tellement d'avoir demandé audience.

Dos contre la porte de la salle du trône, stupéfaits par la scène à laquelle ils ont assisté, les soldats aux hallebardes se lorgnent. Les dévisageant et semblant persuadé qu'ils vont tout raconter à d'autres, Olivier le Génie malfaisant des eaux se frotte déjà les mains à l'angle de deux murs puis suit les trois gardes et le condamné vers le sous-sol du château... Louis XI, content que cette aventure lui ait permis d'oublier un peu ses douleurs au fondement, se lève en riant et fait demi-tour, baigné de majesté.

— 14 —

Plus tard, en début d'après-midi, le souverain, ayant rejoint sa chambre, est douloureusement assis dans un fauteuil où il boit du lait d'ânesse baigné de limaille d'or. Accoudé au rebord d'une fenêtre ouverte et regardant le ciel, il se demande le temps qu'il va faire. Tout à ses préoccupations météorologiques, il n'a pas entendu Olivier Le Daim arriver derrière lui mais, sans se retourner, il renifle sa présence :

— Satan, ton museau de loup promène contre ma nuque une chaude haleine curieuse. Tu as tué ? Tu sens le sang.

— Après que les trois gardes, grâce à une succession d'échelles liées les unes aux autres, ont fait descendre votre ministre des Finances au fond d'une oubliette, je me suis préoccupé d'eux.

— Ont-ils beaucoup souffert ?

— Oh non, sire, ils sont tous morts vitement. Pour chacun, le temps de dire un Ave et ce fut fait. Ensuite, hors du château et mis en sacs, je les ai jetés dans la Loire où les tanches et les ablettes, désolées du cadeau, se sont mises à bâiller au fil de l'eau.

Toujours dans la même position à scruter l'azur, le roi sourit :

— Le Mauvais, inutile de te demander les choses, tu devines tout. Tu es ma deuxième ombre. Sinon, ignorant s'il va pleuvoir, j'hésite à aller un peu marcher dans mon verger. J'ai fait appeler l'astrologue pour savoir.

Le barbier, qui souvent rase de trop près, tourne la tête vers sa gauche et annonce :

— Voilà votre marchand d'horoscopes.

— Monsieur Simon de Phares, dit Louis XI en pivotant vers l'astrologue arrêté à la distance requise, fera-t-il beau temps ce tantôt ou y a-t-il un risque de pluie ? N'étant pas d'une santé très florissante et sujet à des accès de fièvre, je crains les refroidissements augmentant mes maux que causerait une ondée lors d'une balade au verger de la forteresse. Puisque le ciel est votre complice, tournez avec lui le cornet du destin et attirez sur moi les bienfaits du soleil.

Devant le très bileux roi de France, l'autre prétentieux se pousse du col et sa barbe se frise autour de ses paroles :

— Considérant les angles actuels que forment certaines étoiles en fonction de différents critères astrologiques, je peux affirmer à sa majesté que leur configuration tend à s'inscrire dans un schéma qui lui est favorable. Toute l'après-midi devrait être belle et sereine, prédit-il en remuant les planètes gravées qui décorent ses bagues.

— Tant mieux, je me sens plus tranquille maintenant, souffle le monarque. Et donc, vous croyez vraiment qu'une visite du verger ne me fera pas de mal ?

— Cette promenade vous sera salutaire.

— Je me méfie du vent d'ouest.

— Il ne charriera aucune goutte sur vous, car les étoiles ne mentent jamais.

Le souverain hémorroïdaire sort de son château de briques et de pierres pour aller dans la cour fortifiée du Plessis-lès-Tours avec le capitaine de sa garde. Il avance sans force, bientôt rejoint par une douzaine de gens – son grand prévôt, des veneurs, des fauconniers et des vétérinaires. Autour de lui, sur les remparts, trois cents archers défendent les abords de sa demeure royale. Il va à pas lents, grimaçant de douleurs au cul, celui en qui crédulité astrologique et méfiance marchent également ensemble. Vite épuisé, il s'assoit sur un banc sous un ciel blanc où souffle un vent (d'ouest). Au bord de son verger, il regarde les arbres fruitiers et un chêne qui se dépouillent de leurs feuilles en ce début d'automne :

— Dans peu de temps ils seront nus...

Alors, réfléchissant ainsi qu'un jardinier se demandant comment réaménager son terrain, il annonce :

— J'en ferais bien un verger de pendus dont les corps, ainsi que des fruits trop mûrs, se décomposeraient. En haut de branches montant à l'assaut du soleil, même d'hiver, j'aimerais, depuis mes fenêtres, voir, à l'instar de pétales roses, des langues tendues... C'est une idée que j'ai. Il y aurait là force gens branchés. Je n'aurais qu'à prétendre que je les ai fait mettre en l'air de crainte que la rosée du matin ne mouillât leurs semelles. Écoutez !...

Entouré de ses accompagnateurs, soudainement il se délecte avec grand plaisir de quantité de ramages d'oiseaux qui sifflent et gloussent en des dialectes divers ; alors Louis XI se lève pour rejoindre une grande volière à l'intérieur de laquelle il pénètre. On y trouve des rapaces, des chouettes, des paons blancs, des mouettes, des perroquets, des pies et des geais, un faucon tunisien sans rival quand il fond sur sa proie et même une autruche. Il se sent à l'aise parmi ces volatiles battant des ailes et, à chaque visite, prend soin de les nourrir lui-même au milieu de plumes qui s'envolent. À côté, ça aboie alors il change d'endroit pour entrer dans un chenil. Si Louis XI aime beaucoup les oiseaux, il apprécie aussi les chiens, surtout les bichons de Chio et plus encore les lévriers efflanqués. De ces chiens de chasse à courre il en a douze dont il connaît les noms : Pâris, Artus, Cher Ami, etc., son préféré étant Mistodin. Ils sont tous très élégants avec leur collier en cuir de Lombardie clouté d'or. Pour celui de Mistodin, le monarque a fait ajouter vingt perles et onze rubis. Il dorlote ses clébards autrement mieux que les hommes et demande à l'un des apothicaires pour animaux :

— Continuez-vous de leur baigner régulièrement les pattes dans du vin chaud ?

— Oui, sire, et nous sommes toujours prêts à leur administrer oignements, emplâtres et sutures de plaies pour s'ils venaient à se blesser lors d'une chasse mais puisque sa majesté a cessé de galoper dans les forêts derrière la bête noire ou rousse [sanglier ou cerf], je crois qu'ils s'ennuient.

Mistodin aboie comme pour confirmer. Le souverain s'accroupit afin de le caresser :

— Jappe, mon chien, jappe.

Et soudain, il pleut mais alors il pleut ! D'un coup, le temps s'est obscurci. Des éclairs, vacarmes de tonnerres, éclatent et une phénoménale averse tombe si drue que chacun se sauve sous les abris des remparts en laissant Louis XI tout seul.

— Merde, le roi !... s'exclame le grand prévôt courant le rechercher dans la tempête.

Bombardé de glands chutant du chêne en rafales, le monarque hébété et à moitié assommé est également rejoint par le grand fauconnier qui le traîne jusqu'au bas des marches d'un escalier extérieur dont la montée se révèle rude pour le souverain, semblant hissé à l'échelle d'un gibet, alors que le grand prévôt se veut rassurant :

— Oh, mais sire, vous gravissez comme un écureuil !

Sitôt arrivé dans sa chambre, le monarque trempé gueule :

— Mets une bûche au feu, Satan, je gèle ! Mais, par la Pâques-Dieu, où se cache-t-il mon astrologue ? Il sentira mes dents quand je l'embrasserai !

Épuisé par l'effort, sans haleine, il tombe accablé au fond d'un fauteuil près de la cheminée et découvre dans un coin Simon de Phares, tripotant les signes du zodiaque de sa large ceinture.

— Ah, le voilà l'escroc qui a tenté de me faire mourir d'une pneumonie ! s'emporte Louis XI tandis que dehors la pluie cesse aussi brutalement qu'elle a commencé. Charlatan, vous prétendez que le ciel est votre domaine et bien vous allez y retourner. Mon barbier va vous jeter par la fenêtre !

Olivier Le Daim en écarte déjà les deux battants pendant que le roi demande à l'astrologue :

— Que cette après-midi serait la dernière de votre existence, les étoiles vous avaient averti de ça ?

Alors que le Mauvais s'en approche pour le chopper par sa ceinture zodiacale, Simon de Phares répond au souverain d'un ton très calme :

— Non, sire. Je sais seulement que je mourrai trois jours avant vous.

Oh, l'habile parade ! Le roi ordonne aussitôt au Génie malfaisant des eaux de lâcher la ceinture illustrée de signes du Capricorne, Verseau, et *tutti quanti*. Ayant beaucoup appris, voyant Jacques Coictier prendre l'ascendant sur le monarque, le « marchand d'horoscopes » en profite pour abuser à son tour :

— Sire, j'ai besoin de six mille écus parisis afin qu'un tailleur me confectionne de luxueux vêtements chauds fourrés de petit-gris pour me protéger cet hiver car il ne faudrait pas que je tombe malade, n'est-ce pas ?

97

— Accordé ! concède le souverain qui maintenant veut tout faire pour différer la mort de son astrologue que la sienne suivrait de si près. Ne prenez pas froid, monsieur Simon de Phares.

Olivier Le Daim, levant les yeux au plafond, grommelle :

— Mon roi, dans la forteresse, il y en a dorénavant deux qui vous voleront le trésor royal si vous n'y prenez pas garde...

— Halte-là ! Tais-toi, Satan ! Quand il s'agira de concocter quelque autre mauvais coup, de machiner une nouvelle intrigue audacieuse, je te consulterai peut-être mais en tout cas tu ne touches pas au médecin ni à l'astrologue !

Refermant la fenêtre, le barbier voit, dans la cour du château, le chambellan Commynes ramasser des girouettes.

— 15 —

Quelques jours plus tard, l'historiographe du monarque, croisant dans un couloir le secrétaire de Louis XI, lui explique :
— Thomas Triboult, le roi m'a fait ordonner de le rejoindre mais je ne sais pas où il se trouve...
— Au sous-sol du château, dans sa prison d'État pour vérifier la solidité des cadenas en compagnie du grand prévôt.
Descendant des marches de plus en plus humides et glissantes, Philippe de Commynes arrive devant l'entrebâillement d'une porte lui permettant de découvrir celui qu'il cherchait.
Une main glissée au creux d'un coude de l'officier de la Maison du roi qui le soutient, le souverain se penche vers trois petites cages alignées sous l'arrondi d'un escalier en pierres. Faites de bois épais et de fer, la première contient le grand sénéchal de Normandie qui a comploté. La deuxième enferme l'évêque de Périgueux qui n'a pas fait mieux tandis que troisième abrite (?!) carrément un cardinal. Chacun, du trio, dans sa logette cadenassée, ne peut s'y lever ni s'y coucher.

Ils doivent y demeurer, jour et nuit, accroupis ou assis, la tête forcément penchée sur un côté tellement elles ne sont pas hautes. Loquace en direction de la dernière cage, le souverain demande avec perfidie à son prestigieux prisonnier qui a déjà passé plus de dix ans dedans :

— Jean de La Balue, est-ce que les temps continuent d'être pénibles pour vous ? Moi, ce siècle me va fort bien. J'y suis très à mon aise et souhaite que cela dure toujours.

Pour toute réponse l'autre affûte ses ongles ecclésiastiques contre les contours des petits trous de la logette. Ses cheveux et sa robe rouge de prélat ont viré au blanc (sale). Souvent les rats et quelquefois le roi lui font des visites. Malgré les preuves accablantes d'une tentative de crime de lèse-majesté, ce haut dignitaire de l'Église ne pouvait pas être jugé par les juridictions ordinaires mais a quand même été incarcéré d'office par le monarque qui dorénavant continue son inspection de la cave voûtée en plein cintre. Après avoir contemplé ses oiseaux à l'intérieur de leur volière, ses chiens au chenil, il observe ses détenus dans leur prison. Allant entre le grand prévôt et maintenant le chambellan, le roi surnommé (dans son dos) « le Cruel » circule au milieu de cages pareilles que les premières mais qui sont suspendues dans le vide. En bas de chaînes accrochées au plafond et baptisées *fillettes* parce qu'elles en font la taille, les logettes basculent en l'air d'un côté ou de l'autre à chaque mouvement de celui qui se trouve à l'intérieur, un mètre au-dessus du sol dans une ondulation de balançoire.

La position de ces hommes placés en détention sur ordre personnel de Louis XI s'y trouve encore plus inconfortable. Lors de grands tourments durant des mois ou des années, ils subissent la sentence sévère prononcée à leur encontre, ces opposants, tous de haut rang – ici aucun criminel de droit commun. Là, c'est le duc d'Alençon qui gémit, tout étoilé de grains de beauté ambulants à moins que ce soient des puces ou des cafards. Devant une minuscule cellule aérienne vide, le souverain étonné demande à celui dont il s'accroche au bras :

— Il n'y avait pas un baron, là ?
— Il y est mort.
— Oh !
— Mort de froid au tout début de l'année...
— Ah, c'est vrai que ce fut un mal hiver durâtre aux pauvres gens, compatit le roi. On m'a raconté que dans certaines bergeries, des loups étaient entrés, délaissant les moutons sans foin pour manger le berger. Le froid fut si méchant qu'à mon verger le jardinier avait trouvé dans le seul tronc du chêne soixante-douze oiseaux gelés.

Du fond de leurs souffrances et flottant dans la puanteur, les cris des nobles qui ont osé contester son pouvoir couvrent la voix du monarque les dévisageant de très près et parfois s'agaçant de leurs larmes :

— Ne mouillez plus mes bas car je ne voudrais pas m'enrhumer.

Ces grands seigneurs éloignés du sol en vol quasi stationnaire ressemblent à des mouches irréfléchies ou à des frelons de velours qui se sont laissé envelopper dans les filets de fer et de bois de la majesté prédatrice. Louis XI s'enchante à entendre le bourdonnement général de leurs plaintes et sanglots. C'est pour lui une grande mélodie. Geôlier par nature, il ne boude pas son plaisir avec toujours le souci de faire le pire. Les capturés recroquevillés, grâce à un tuyau glissé dans leur bouche, sont biberonnés deux fois par semaine d'une soupe, toujours la même et trop liquide. Délaissant ces hauts dignitaires en l'air, livrés au désespoir et dont beaucoup appellent leur mort, le souverain s'approche de trois oubliettes circulaires creusées profondément dans le sol près d'un mur. Se penchant au-dessus de celle où fut descendu son ministre des Finances, il lui lance en approchant le creux de ses paumes de chaque côté de sa bouche pour porter la voix :

— Comte de Meulan, vous aurez là, tellement bas, une nuit si longue et si noire qu'il vous faudra un grand effort de mémoire pour vous rappeler la clarté du jour !

L'autre dont on aperçoit à peine la masse, déjà muet et presque cadavre, se mange les doigts. Quelques souris courent contre lui mais ne lui font point de mal car elles ont peur d'une chose si pâle. Peut-être qu'elles le prennent pour un rayon de lune tombé au fond de l'oubliette par mégarde un matin d'espièglerie. Le roi pivote vers son historiographe pour lui répondre, comme si Commynes avait émis un reproche :

— Je suis démoniaque, j'y consens.

C'est maintenant au creux d'un coude du chambellan qu'il glisse un bras pour faire demi-tour vers la porte de sa prison :

— « Liberté » sans doute me direz-vous aussi, Philippe, mais c'est un vieux mot qui sonne mal et que je suis las d'entendre car il veut dire « révolte » à qui sait le comprendre. La France est une forêt dont je suis également le bûcheron alors je me débarrasse de toutes les branches qui encombrent mon passage, ajoute-t-il en circulant entre les logettes suspendues.

Après que lui, d'une épaule, en a bousculé une qui se met à balancer, l'historiographe murmure :

— Sire, ces cages de fer resteront comme vos monuments dans l'Histoire, témoignant d'un raffinement d'inhumanité. Vous pourriez parfois pardonner...

— Le pardon, la bonté, font des ingrats, Commynes. Je n'ai jamais eu pour quiconque quelque sot accès de clémence. Ah si, une fois...

Affirmant puis se contredisant, oubliant puis se souvenant, en tout cas continuant à progresser très lentement dans la prison d'État de sa cave où l'ennui et l'humidité hantent les murs, le corps du monarque tremble et son front s'incline tandis qu'il va d'un pas inégal. L'œil sans regard, un peu poète sans trop en avoir l'air, il récite :

Je meurs de soif auprès de la fontaine.
Chaud comme feu, je claque des dents ;
En mon pays, je suis en terre lointaine.

— Chambellan, connaissez-vous François Villon : ce rêveur de faubourg de la pire espèce ?
— Seulement de réputation...
— Moi, je l'ai rencontré. Enfin couronné et venant d'être sacré à Reims, j'allais en Touraine afin de régner et m'étais arrêté au château de l'évêque de Meung-sur-Loire pour y passer la nuit. Durant le souper, ce dignitaire ecclésiastique a craché le nom de Villon en jurant la Pâques-Dieu et m'a appris qu'il l'avait incarcéré pour je ne sais plus quel délit au fond d'un cul-de-basse-fosse de sa prison épiscopale. J'ai voulu aller le voir et l'écouter seul à seul dans son cachot où je lui ai demandé les raisons pour lesquelles il était devenu larron, ce à quoi il m'a répondu : « Pourquoi m'appelez-vous larron ? Pour quelques pauvres vols, pour quelques pauvres crimes ?... Si, comme vous, j'avais eu une armée pour massacrer des peuples, pour piller les richesses, vous m'appelleriez sire ! » Le lendemain à l'aube au moment de partir, en vertu de mon droit de nouvel avènement, j'ai ordonné à l'évêque de le libérer immédiatement puis, rimant, le poète emblématique de mon règne s'en est rappelé :

... l'an soixante et ung
Lorsque le roi me délivra
De la dure prison de Meung
Et que la vie me recouvra,
Dont suis, tant que mon cœur vivra,
Tenu vers lui m'humilier,
Ce que ferai jusqu'il mourra :
Bienfait ne se doit oublier.

Sans transition, comme enchaînant, revenu près de la cage à l'intérieur de laquelle la robe du cardinal qui végète a pris des teintes d'endive, Louis XI demande au grand prévôt, dans son dos :

— Quelle est cette pièce à l'entrée grillée où mène l'arrondi de l'escalier en pierres par-dessus ces trois incarcérés-là ?

— C'est un cachot vide. Étroit, il s'avère trop haut car il traverse le rez-de-chaussée jusqu'à sous votre chambre à coucher. On ne s'en sert pas pour éviter que les cris des condamnés vous dérangent, notamment la nuit.

— Utilisez-le de manière à ce qu'aucune plainte des victimes ne puisse m'échapper. C'est la musique que je préfère... Être impitoyable.

Jean Teulé est mort.

Jean aimait rire de la mort. Il se moquait de l'embarras des survivants.

« Je vous préviens : je n'irai pas à votre enterrement », et il éclatait de ce rire énorme dont il avait le secret.

Le 18 octobre 2022, une bactérie sournoise l'a foudroyé. Il laisse un vide, un silence, un manque insondable. Il laisse aussi la première partie du manuscrit qu'il était en train d'écrire et que vous venez de lire.

L'histoire de Louis XI, ce monarque singulier qui, tout en étant de ceux qui ont posé les fondations de la nation française, a commis les plus effroyables crimes qu'on puisse imaginer.

Ses amis nous ont convaincus de publier ce texte inachevé.

Philippe Jaenada, Dominique Gelli, Florence Cestac, Enki Bilal, François Delebecque, Philippe Druillet et Benjamin Planchon ont improvisé des textes ou des images sur la dernière création de Jean.

Betty Mialet & Bernard Barrault
(Ses éditeurs)

Vannes 2022, Jean Teulé
avec Betty Mialet et Philippe Jaenada

PHILIPPE JAENADA

Et paf !

« Bien fait pour ta gueule. »

Ce sont les derniers mots que j'ai entendus de la bouche de Jean. Les derniers dont je me souvienne, en tout cas (j'imagine qu'il a dû me dire au revoir plus tard). C'était au salon Livr'à Vannes, près du port, sous le soleil, trois ou quatre mois avant sa mort – qui sont passés comme trois battements de paupières. Je n'avais pas dormi de la nuit, foudroyé par une otite épouvantable, l'oreille droite noyée dans une marée de pus (pardon), des douleurs lancinantes et profondes dans la moitié droite de la tête et la quasi-certitude que l'infection était en train de se propager – en passant par le tympan ou je ne sais quoi – à mon cerveau (la veille, j'avais lu sur Internet (je suis finaud, je me documente (crétin)) que c'était très rare mais possible (c'est par exemple ce qui est arrivé au fils d'Henri II et de Catherine de Médicis, François II, le premier époux (très jeune) de Marie Stuart : il a succombé à ce genre d'abominable mésaventure en 1560, après seulement un an et demi de règne, à seize ans, le malheureux)) et que j'avançais donc en ligne droite et en trombe vers le drame : un abcès cérébral puis une fin foudroyante (« La mort survient rapidement », affirment les techniciens des sites médicaux). Bref, je n'avais pas dormi, je transpirais, mon cœur déraillait, je n'ai quitté l'hôtel qu'à midi (en lambeaux) et suis arrivé au déjeuner des auteurs en tenant à peine sur mes jambes, j'allais bientôt mourir rapidement, misère, je me suis assis entre Jean et notre éditrice, Betty Mialet, ils voyaient évidemment que j'allais mal, j'ai raconté mon problème, calvaire, angoisse, dans l'espoir de me faire plaindre, ce serait toujours ça, un peu de soutien et de compassion n'a jamais fait de mal à personne. Et c'est là, après le récit catastrophé de mes tourments, que Jean m'a dit : « Bien fait pour ta gueule. » (Ce qui m'a permis de comprendre que ce n'était pas grave (c'est mieux que la compassion, encore), car Jean savait, d'instinct, ce qui était grave et ce qui ne l'était pas.) Ensuite, en éclatant de son grand rire fracassant, il m'a caressé tendrement la joue (que j'ai poupine) puis m'a donné un gros cachet d'antalgique, probablement puissant, je ne savais pas ce que c'était mais je l'ai gobé.

C'est l'image que je garde de Jean, ces quelques secondes : une façade, un blindage lumineux, une panoplie éclatante et solide. Il riait tout le temps, fort, brusquement (j'ai l'impression qu'il rejetait la tête en arrière mais c'est sans doute une déformation du souvenir), son rire se diffusait partout autour de lui, des éclats qui se répandaient comme des ondes brillantes et claires, comme quand on jette une pierre dans l'eau sous le soleil. (Je l'entends en écrivant, là, son rire.) Sa panoplie : son rire et ses petites méchancetés cinglantes et drôles, qu'il réservait aux gens qu'il aimait (avec les autres (nombreux), il restait lisse, poli, neutre : les autres n'avaient pas d'intérêt, pourquoi perdre du temps et de l'énergie à les frictionner, à les aiguillonner ?). Tous ceux qui ont été proches de lui l'ont entendu dix fois, cent fois, balancer des horreurs, dire exactement ce qui ne se dit jamais – comme s'il le pensait et avait, lui, le courage rare de l'exprimer ; alors qu'il pensait justement le contraire (souvent, du moins). Vous entriez dans un restaurant avec lui, il glissait un peu trop fort à la serveuse, en faux aparté : « Ne parlez pas à ce type, tenez-vous à l'écart, c'est une ordure. » (Un autre avait à peu près les mêmes habitudes, Coluche. Betty Mialet m'a raconté qu'elle avait un jour rendez-vous avec lui, elle était accompagnée d'une grande éditrice française au physique particulier, dont je ne vais pas m'amuser à citer le nom, et Coluche avait dit à Betty, face à elles deux : « Ah, tu es venue avec Louis XI ? » (Oui, Louis XI.) Ce n'est pas gentil.)

Sa panoplie, je la vois comme une arme de Pokémon (si j'ai de bons souvenirs de l'époque où mon fils était marmot et collectionnait les cartes), je vois Jean comme un grand Pokémon, un très grand Pokémon, avec une sorte de bulle de protection qu'il pouvait actionner à volonté pour s'y cacher, masquer ses émotions, la noirceur et la douceur, l'intérieur trop sensible. Je ne sais pas vraiment ce qu'il avait en lui, au fond, au cœur, Jean, mais c'était à vif, sombre et douloureux, c'est sûr. (J'avais toujours envie – et je le faisais – de le tapoter, de lui tapoter l'épaule, le bras, le dos, de le toucher, comme pour m'assurer de quelque chose.) Il n'était pas l'échalas insouciant et blagueur qu'on voyait passer en riant ici et là. Un jour, dans un Salon du livre, je ne sais plus où, à Nancy, Brive ou Limoges, j'étais assis à côté de lui, il avait comme toujours une longue file d'attente devant sa table (moi ça allait, j'étais plus tranquille), il dédicaçait sans interruption, avec un mot attentionné ou marrant pour chaque personne qui se présentait devant lui, il riait, il riait ; il s'est levé, il avait envie de fumer, il s'est excusé, juste cinq minutes ; il m'avait fait penser à la clope, quelques instants plus tard je suis sorti fumer moi aussi ; quand je l'ai rejoint dans l'allée qui longeait le chapiteau blanc, il était au téléphone, l'air fermé, plus que maussade, il était comme à des milliers de kilomètres, sur une planète noire ; il a raccroché, nous avons parlé un peu, je ne l'avais jamais vu ni entendu comme ça, furieux, accablé, dans la colère et la désolation ; nous sommes revenus à nos places, il a enclenché sa bulle de protection, de pudeur, de joie de vivre et de politesse, il m'a lancé je ne sais plus quelle vanne à l'intention de ses lecteurs, en éclatant de rire de nouveau, il s'est assis et s'est remis au travail en souriant et en s'intéressant (ou en faisant semblant du moins) à la vie de toutes celles et tous ceux qui venaient lui parler.

Pourtant, parfois, quand il était en confiance, en milieu ami, l'extérieur et l'intérieur se mettaient en phase, sans bulle, il se comportait de la même manière que toujours mais c'était franc, vrai, dans ces moments-là il pouvait proférer sincèrement des mots cruels et féroces (sur les cons, qui les méritent), mais aussi se montrer sincèrement gentil, tendre, profondément, attentif et bienveillant, et quand il riait (exactement le même rire pourtant), ce n'était plus un camouflage sonore : on le voyait, il était réellement joyeux, léger, enfant. Jean, malgré l'ombre interne, qu'il savait contrôler, était un bon vivant, comme on dit sans y penser. Il aimait manger, bien manger (comme par hasard, il est mort d'avoir mal mangé), bien boire, de bons vins, fumer, il cherchait le meilleur de la vie, il avait peu d'amis, mais il les aimait entièrement.

« Bien fait pour ta gueule », j'aurais aimé pouvoir lui retourner le commentaire (ce ne serait pas très fair-play, on peut difficilement comparer la mort et une otite – sauf quand elle est foudroyante, ce qui n'a pas été le cas, je m'en suis remis comme un bambin), mais je n'y arrive pas, je manque de détachement. Il n'aurait pas hésité, lui. (Six mois avant les siennes avaient lieu les obsèques du merveilleux Jacques A. Bertrand, qu'on connaissait depuis vingt-cinq ou trente ans. Sa famille, ses amis, les auteurs de la maison, tout le monde était là, au crématorium du Père-Lachaise. Sauf Jean. La veille, quand notre éditeur, Bernard Barrault, lui avait téléphoné pour lui donner l'heure de la cérémonie et lui demander s'il venait, il avait répondu : « Ben non, il est mort. » Il l'aimait beaucoup. (J'ai une photo de nous trois hilares, je suis le dernier vivant, ça fait bizarre.) Quelques jours plus tard, il avait expliqué à Betty : « Je ne veux plus aller aux enterrements, jamais. D'ailleurs, je n'irai même pas au mien. Et je ne suis pas non plus très déjeuner-barbecue. »

Quand elle me l'a raconté, j'ai d'abord pensé – car je suis simplet – que la dernière phrase était une pirouette, comme s'il avait dit : « Je ne vais plus non plus aux matchs de badminton », mais c'était évidemment plus macabre et cynique. Ça me glace (ou me brûle, plutôt), mais c'est du Teulé.) Si c'était lui qui avait dû rédiger un texte pour que puissent être publiées les soixante premières pages de mon roman inachevé (qui le fera ?), il aurait sans doute écrit quelque chose comme ça, « Ça t'apprendra à faire le malin », « On ne te regrettera pas », ou dans le genre.

Je n'en reviens pas. D'être en train de faire ce que je fais. Aligner des mots après ceux de Jean, essayer de prolonger ses dernières pages, pour que l'ensemble fasse un livre. Ses derniers mots : « Être impitoyable. » Ils sont troublants, ces derniers mots, après tant d'autres. Ils lui ressemblent, et à la fois pas du tout. Et sa dernière page : l'hommage à François Villon – ça c'est lui, ça lui ressemble, ce dernier salut, après toute une vie d'écriture, d'anticonformisme, de poésie. Mais qu'est-ce qu'il voulait écrire ensuite ? Il a laissé des notes, beaucoup, mais c'est très confus, toute l'organisation était dans sa tête (et a donc définitivement disparu). J'ai feuilleté les centaines de pages de la documentation qu'il avait réunie, recopiée, imprimée et organisée en plusieurs manuscrits à reliure spirale. De nombreux passages sont soigneusement surlignés au Stabilo mais on ne sait pas ceux qu'il avait réellement l'intention d'utiliser, ni surtout de quelle manière, dans quel ordre et sous quelle forme. (La dernière phrase de toutes ces notes (sans doute une citation de Louis XI, authentique ou pas) : « Me faut-il croire à mon étoile ? ») En lisant ses romans, on pouvait avoir l'impression que Jean écrivait non pas au fur et à mesure et en sifflotant mais du moins sur une impulsion, à l'instinct ; or non, il préparait beaucoup, il programmait, il construisait à l'avance. Ce dernier roman d'ailleurs aurait peut-être été le plus solidement et ingénieusement construit, on le sent, on le voit aux soixante premières pages, des anecdotes nombreuses et bien agencées, des flash-back, une alternance de dialogues et de souvenirs, et cette étonnante scène d'ouverture avec les tortues, qui contraste avec le reste du livre (et toute l'œuvre de Jean). Ces tortues géantes qui sont finalement arrivées en France trop tard, après la mort de Louis XI, et que Jean n'a pas eu le temps non plus d'amener à bon port. (Cela dit, assez mauvais port pour elles, puisqu'elles étaient destinées à être vidées de leur sang, dans lequel le roi avait le projet de prendre des bains pour se guérir de la lèpre – alors qu'il n'avait pas la lèpre mais juste une dermatose.)

Il ne se serait probablement pas servi de toutes les histoires, informations et légendes qu'il avait recueillies, je ne vais pas me lancer dans une liste ou une synthèse ; je ne peux pas non plus essayer de continuer son texte, comme je l'avais d'abord envisagé : le style de Jean est trop particulier, il lui est propre, je ne peux pas écrire comme ça, ça ne m'irait pas, ce serait ridicule, et puis encore une fois je ne sais pas du tout où il allait – je ne veux pas le trahir. Car il allait quelque part, mais où ? Soixante pages, ce n'est pas beaucoup, pourtant il avait déjà raconté pas mal de choses, on voyait qui était Louis XI (on voyait du moins la face que voulait montrer Jean), et le jour où il a dû s'arrêter d'écrire, le roi n'a plus que deux années à vivre, en outre pas deux années très actives, des années d'isolement, de maladie, de dérèglement physique et mental. (Vers la fin de ses notes, Jean écrit, à la main (après un mystérieux « Dents de lait » entouré deux fois, dont une au Stabilo rose) : « Il est devenu fou. Il y avait de quoi. ») Alors qu'avait-il prévu ?

Mais après tout, ce roman inachevé se suffit sans doute à lui-même, pas le choix de toute façon, c'est comme ça – donc ça devait l'être, dirait Jacques le Fataliste. Parmi ses dernières paroles, dans les derniers instants, quand Jean souffrait dans les bras de celle qu'il aimait, et qui l'aimait, il a articulé : « Heureusement, j'ai fini mon chapitre. » Il n'a pas dit ça pour rien – il devait pressentir que c'était toujours ça d'écrit, que ça tiendrait comme ça. Il est mort avant son personnage, qui n'avait plus grand-chose à vivre (au contraire de lui, malheureusement).

Louis XI (dont l'arrière-arrière-arrière-petit-cousin, ou quelque chose comme ça, sera le pauvre François II, au sort auriculaire funeste) est mort à soixante ans le 30 août 1483, dans le château de Plessis-lès-Tours où l'a laissé Jean deux ans plus tôt, d'une hémorragie cérébrale, après plusieurs attaques les années précédentes et toute une ribambelle de misères du corps, souvent d'origine psychologique. (Jean, lui, était en pleine forme.) Les quinze chapitres écrits, et plus encore les notes, regorgent de maladies, de croûtes et d'hémorroïdes, d'angoisse de la mort, de crimes, de drame, de noirceur et de souffrance physique. Tout écrivain avec un peu de bouteille, et Jean n'en était pas que les deux tiers d'un, sait pourtant qu'il faut faire très attention à ce qu'on écrit, ça s'infiltre ensuite dans la vie, il ne faut pas tenter le diable, c'est très dangereux (oh que si). Mais Jean n'avait pas peur, il n'était pas superstitieux, il ne croyait en rien d'intangible, je l'avais entendu dire quelque chose comme : « Il n'y a rien avant la naissance, rien après la mort, et pas grand-chose entre les deux. » (À François Busnel qui lui demandait quelle épitaphe il choisirait pour lui-même, il avait répondu : « Et paf ! »)

Ici, c'est Jean qui devait raconter Louis XI, pas moi ni Wikipédia. Mais je voudrais quand même utiliser quelques-unes de ses innombrables notes, si patiemment récoltées, qui désormais ne serviront plus à rien. Je n'ai pas envie d'aller du côté de la maladie, des bubons purulents et de la déroute anatomique (pas fou), ni de l'Histoire, du règne proprement dit (je n'ai pas le niveau). Mais je pense qu'il y a quelque chose d'intéressant du côté des animaux. Le roi cruel, impitoyable – paraît-il – avec les humains (et leurs enfants), dont il se méfiait comme de la peste (ou de la lèpre), avait une passion pour les animaux, qui en dit peut-être davantage sur lui qu'on ne peut le penser quand on s'en tamponne un peu, des animaux. C'est mon cas, je préfère les humains (on s'en tamponne, de ce que je préfère), mais on ne peut pas nier qu'aimer les animaux, c'est aimer. C'est de l'amour. (Je ne sais pas si Jean aimait les animaux. Je ne crois pas, pas spécialement en tout cas. Je sais qu'il n'aimait pas spécialement non plus les humains. Sauf quelques-uns – entièrement, je l'ai déjà dit – donc ça revient peut-être un peu au même.)

Le château de Plessis-lès-Tours et son parc ont fini par devenir un genre d'arche de Noé. Louis XI y vivait au milieu des oiseaux, nombreux et rares pour la plupart, dans de vastes et belles volières, des chiens, notamment des lévriers, des mules et des chevaux, qu'il faisait venir de partout en Europe, des élans et des rennes, il avait aussi un loup, un léopard, et même un éléphant, envoyé par le sultan d'Égypte (ça devait être quelque chose, à l'époque, le trajet d'éléphant). Quand il était petit, enfant solitaire, sa mère, Marie d'Anjou, lui avait offert une jeune lionne pour lui tenir compagnie – c'est plus distrayant qu'un hamster ou un cocker. Elle dormait dans la chambre mitoyenne de la sienne, attachée seulement par une longue corde. Une nuit d'été, un domestique (qui n'a pas dû faire de vieux os) avait oublié de fermer la fenêtre. Qu'a fait la lionne ? Elle a vu une occasion en or d'aller se promener un peu, elle a sauté gracieusement par la fenêtre, et le lendemain matin on l'a retrouvée morte, pendue le long de la façade. Le petit Louis en a eu « beaucoup de chagrin », selon les témoignages, et ne s'en est jamais remis.

Dans les notes de Jean, on voit que deux anecdotes animales semblaient l'intéresser particulièrement : celle du léopard et celle du lévrier blanc. Vers 1450, alors dauphin, âgé de vingt-sept ans,

Louis offre pour le jour de l'An un léopard à son père, le roi Charles VII, dans le but, dit-on, d'entamer une réconciliation avec lui. Jean a noté, sans citer sa source (mais Bernard Barrault m'a affirmé qu'il n'inventait rien (sauf les dialogues, bien sûr), qu'il pouvait choisir une version plutôt qu'une autre, ou parfois s'appuyer sur des textes anciens pas forcément fiables, mais en tout cas, ne « mentait » pas, ne créait jamais rien de toutes pièces), que Louis s'était débrouillé pour que la cage ne soit pas correctement fermée. Jean écrit entre guillemets, semblant citer le futur roi : « Pourvu qu'il le bouffe ! » C'est du parfait Teulé. Ça ressemble à du parfait Louis XI. Mais est-ce la vérité ? On ne saura jamais (c'est ce qui est bien). En fouinant un peu ici et là, j'ai effectivement trouvé trace de ce léopard en cadeau de bonne année, mais à ce moment-là, Louis est dans le Dauphiné, où son père l'a envoyé quasiment en exil. Car depuis qu'il est en âge de guerroyer, ses succès militaires précoces agacent Charles VII, qu'on surnomme « le Victorieux » et qui n'apprécie pas du tout que son rejeton fanfaron lui fasse de l'ombre. Le prétexte idéal pour se débarrasser de l'arriviste s'est présenté un jour de novembre 1446 : voulant laver l'honneur bafoué de sa mère, Marie d'Anjou, Louis a insulté copieusement (et en public) celle qu'on appelait « la Dame de Beauté », Agnès Sorel, maîtresse favorite du roi. C'en était trop : ouste, dans le Dauphiné, sale gosse ! (Le jeune rebelle y est resté près de dix ans mais en a profité pour faire son apprentissage royal, réformant la fiscalité de

« sa » province, créant une université et un parlement, et même le premier embryon de service postal de l'histoire européenne.) Et donc, un jour de l'An, prétendument en signe de réconciliation, Louis fait envoyer un léopard à son papa, peut-être en espérant qu'il le bouffe mais enfin il aurait fallu que la porte de la cage soit mal fermée pendant tout le voyage, c'est donc assez peu probable, je dirais. Mais c'était le livre de Jean, c'est Jean le chef.

Au sujet du lévrier, deux versions s'opposent (comme souvent). Louis XI, parmi tous ses chiens, vénérait un magnifique lévrier blanc qu'il ne quittait jamais – sans doute celui que Jean nomme Mistodin au chapitre 14. C'était son meilleur ami, pour ainsi dire. Dans les notes, le roi est au plus mal, sur son lit de mort, entouré de quelques proches, son médecin, un moine, et Olivier Le Daim, son barbier-assassin. Le lévrier est là évidemment, dans un coin de la chambre. Une atmosphère de mort imminente règne ici, tout le monde s'en rend compte. Mais s'entêtant, contre toute évidence (et toute logique), à s'espérer immortel, Louis affirme à son médecin, qui vient de lui faire courageusement part de son légitime manque d'optimisme, qu'il ne sera pas le premier à mourir dans cette pièce. On imagine que l'homme de science ne peut réprimer une légère moue dubitative (et que les autres croisent discrètement les doigts dans leur dos), qui vexe ou inquiète le souverain – même le moine n'y croit plus, et lui conseille de se préparer à paraître devant Dieu. Pour prouver qu'il a raison (comme toujours), il ordonne à

Olivier Le Daim – qui n'est pas du genre à se faire prier – d'abattre le lévrier avec une masse d'armes. Ce qui est fait sur-le-champ (et tout le monde est content : ouf, c'est pas moi). Mais il existe, évidemment, une variante : Louis XI est sur son lit de mort, entouré des mêmes, il regarde autour de lui et remarque, consterné mais ému, que le seul regard réellement triste et inquiet posé sur lui, c'est celui de son lévrier. Il l'appelle d'un signe léger du bout des doigts, le beau chien blanc se précipite. Olivier Le Daim, voyant la bête se ruer vers le mourant, lui fracasse le crâne avec une masse d'armes avant qu'il l'atteigne. Aucune des deux versions ne semble vraiment crédible, je préfère la seconde (le roi était suffisamment cinglé et superstitieux pour tuer un être vivant dans la pièce, mais n'aurait-il pas sacrifié les trois bonshommes avant son meilleur ami ?), et Jean avait bien entendu opté pour la première. Or qui c'est le chef ?

Quant aux tortues, c'est à peu près pareil. On ne sait pas quand Jean comptait les faire réapparaître dans le livre, mais il est clair dans le texte et dans les notes que, pour lui, les bains de sang étaient la seule raison de l'expédition. Je ne veux pas chipoter, mais la plupart des spécialistes sont d'accord avec moi (bon, disons que je suis d'accord avec la plupart des spécialistes, on va pas chipoter) : envoyer deux grands bateaux à l'autre bout du monde ou presque, des semaines de navigation, une expédition lourde et extrêmement coûteuse simplement pour ramener quelques tortues, même géantes, c'est un peu gros. On peut être sûr que Louis XI le Toqué croyait dur comme fer que le sang et la chair de tortue géante possédaient des vertus miraculeuses, mais même s'il avait eu la lèpre (qu'il n'avait pas, pour rappel), n'aurait-il pas trouvé un moyen plus simple et surtout plus rapide de se les procurer ? (Si.) Les experts objectifs et raisonnables supposent tous que, si le roi avait effectivement l'intention de se faire ramener quelques tortues, la mission de la flotte (une première en France pour une destination si lointaine) consistait aussi à rapporter des épices et d'autres choses exotiques, et plus généralement à installer une voie de commerce avec l'Afrique, à ne pas tout laisser aux Portugais.

La question est : pourquoi Jean tenait-il à ce point à maintenir son personnage dans l'ombre, la souffrance et la malveillance, dans la légende noire de celui qu'on a surnommé « l'Universelle Araignée » ? Au chapitre 7, il lui permet de vanter lui-même ses mérites, de résumer ce qu'il a fait de bon pour la France, mais c'est tout. Lorsqu'il a commencé à parler de son projet à Bernard Barrault, ce dernier lui a fait remarquer que les historiens « modernes », depuis plusieurs dizaines d'années, remettent en question cette image lugubre et diabolique qu'on a si longtemps enseignée aux écoliers, celle du monarque cruel, féroce, malsain (et fou pour assaisonner le tout), appuyée par celle des « fillettes », ces cages étroites et basses dans lesquelles on ne pouvait pas tenir debout ni même vraiment assis (vision insupportable qui a marqué pour toujours des millions de jeunes esprits terrifiés) – c'est une étiquette, un portrait simple, facilement mémorisable, un avatar pratique et kitsch (comme Saint Louis, dont on ne retient que le côté « juste et bon », ou Louis XVI, gros couillon, Messaline chaudasse, Beethoven sourd, Attila barbare (et Teulé rigolard)). Pour que la postérité taille au roi un costard noir sur mesure, sa laideur a bien facilité les choses. Mais en réalité, avance-t-on désormais, même si Louis XI était un ange comme je suis majorette, il était surtout prudent, rusé, savait ce qu'il voulait, a pris pas mal de bonnes initiatives et contribué indéniablement à, comment dire, créer la France. (Et puis il a tout de même fait libérer François Villon, ce n'est pas rien. Pour lui, Villon était sans doute un genre d'animal.) Quand Bernard a évoqué tout cela, Jean lui a répondu qu'il n'avait évidemment pas l'intention d'écrire l'histoire officielle de Louis XI, et que ce qui l'intéressait pour ce livre, c'était seulement la folie du roi, ses maladies, ses peurs, ses crimes. Il a conclu : « Le reste, je m'en fous. »

Objectif et raisonnable, ce n'était pas précisément le genre de Jean. De toute façon, il n'était pas historien non plus. On fait ce qu'on veut quand on écrit, et c'est très bien comme ça. Mais d'un autre côté, il était aussi tout ce qu'on veut sauf kitsch et simpliste. Alors pourquoi ce choix ferme d'un Louis XI épouvantable ? D'abord, sans doute, parce que c'est plus marrant. Ensuite, à mon avis, et sans vouloir faire de psychologie de comptoir (il se foutrait bien de moi), parce que lui n'a jamais montré publiquement sa face plus sombre, plus tourmentée. Même si évidemment Jean n'a jamais pris de bain de sang de marmots (du moins je crois) et n'a jamais torturé qui que ce soit, il n'était pas tout à fait, lui non plus, ce qu'il avait l'air d'être. Son étiquette, c'était celle du joyeux luron qui se moque de tout. Insister sur celle, inverse, de Louis XI, ça devait lui plaire, l'amuser. Ça créait un équilibre. Mais stop. Les comptoirs, c'est fait pour boire des coups.

Jean ne pouvait pas s'investir véritablement dans un livre tant qu'il n'en avait pas le titre, chacun ses manies et ses besoins. Sur le manuscrit des quinze premiers chapitres et sur chacun des cahiers de notes, il a imprimé son titre provisoire (pas terrible, je dirais) : *Panique à bord de Louis XI*. Et puis, vraiment peu de temps avant sa mort, il a appelé Bernard Barrault, content, enthousiaste, pour lui faire part de celui qu'il venait de trouver – et qui allait lui permettre de se lancer vraiment : *L'histoire du roi qui ne voulait pas mourir*. Voilà. Parfois, on ne sait pas quoi dire.

Pour moi, son cadet de plus de dix ans, Jean était un peu l'homme qui ne pouvait pas mourir. Sa disparition m'a laissé dans une sorte de sidération que je crois n'avoir jamais éprouvée, même face à la mort de gens qui m'étaient plus proches (mon père, mon amie d'enfance), qui pourtant m'avait donc plongé dans une plus profonde tristesse. Pour Jean, c'est de l'ordre de l'incrédulité, du saisissement violent, et je suis à peu près sûr de n'être pas le seul à ressentir cette stupeur. Il était exubérant, il était grand, un grand corps, de grands gestes, de grands pas, il riait fort, sans arrêt, un grand rire, il faisait tout en grand, en trop. Le mouvement, la voix forte, l'étonnement permanent, il était l'incarnation de la vie. Même si ce n'était qu'une apparence, qu'une surface (la vie souvent ne brille qu'en surface) – comme les fenêtres qu'on voit éclairées quand on marche seul la nuit, ou quand on passe en train : ça fait plaisir à regarder, on a l'impression que tout est agréable derrière, que la vie est belle, que la pièce est chaude et confortable et que ceux qui s'y trouvent sont paisibles, insouciants ; alors que non, bien sûr. Jean était comme une fenêtre éclairée. Qui s'est éteinte. C'est difficile à croire.

Louis XI sentait la mort, exhalait la mort des pieds à la tête et la répandait, Jean la cachait à l'intérieur de son grand corps (et dans ses livres). En société, avec son regard clair et sa tête d'éternel ahuri, surpris et heureux d'être là, il sortait du commun, il paraissait plus que vivant, comme une belle illusion, trop vivant pour risquer de mourir un jour (un peu d'ailleurs comme le croyait Louis XI à propos de lui-même) : quand on le voyait, on n'y pensait pas. Intellectuellement, j'ai beaucoup de mal à admettre qu'il n'existe plus. Émotionnellement, ça peut sembler étrange mais c'est moins douloureux, je l'entends rire (et se moquer de mon oreille en détresse), j'ai envie de boire un coup avec lui, on trinque, j'ai l'impression que c'est possible, j'ai envie de le prendre dans mes bras et de lui tapoter les omoplates. Je le fais dans ma tête, c'est possible.

Dominique GELLI

Drôle de mercredi. Un coup de fil de Sébastien Gnaedig, mon éditeur.

« Jean est mort. »

Je t'ai découvert en 83 en lisant ton album de BD *Bloody Mary*. Tout était déjà là. Iconoclaste et drôle. Et tellement inventif ! On était aux Beaux-Arts. C'était un vent d'air frais. On pouvait faire ça, ça nous a boostés.

Je me souviens plus tard de tes chroniques à la télé, chez Bernard Rapp, à Canal, avec tes boîtes à bonheur, c'est bien toi, ça !

En 1998 tu as amené pour de vrai ta longue dégaine sur le trottoir d'en face. On se croisait, rue de Turenne, chez le boulanger, au tabac, en voisins de quartier. Souvent, j'aurais voulu te dire combien ton œuvre comptait pour nous.

Quel dommage de n'avoir pas osé. Ce temps perdu !

Je t'ai découvert ensuite écrivain. Je me souviens de ta prestation dans une émission littéraire. C'était pour *Le Montespan*. Comme tu savais bien parler de tes livres. Totalement investi, prolixe, toutes ces anecdotes étonnantes, drôles. Ça fusait de partout. À l'image de ton écriture, rabelaisien et toujours au moment où on ne s'y attend pas, l'incise échevelée, provocante. Le coup de pied au cul des convenances.

J'ai eu la grande chance que l'on me propose de t'adapter en BD. J'ai choisi *Mangez-le si vous voulez*. Le récit était aussi terrifiant que bouleversant, hérissé de pointes d'humour noir. Un grand livre. La façon de mener le récit, le regard porté sur ton sujet était aussi important pour moi que l'histoire proprement dite et je tenais à respecter ton point de vue. Tu as aimé cette approche et t'es impliqué du coup dans cette adaptation.

C'est à ce moment que nous nous sommes réellement rencontrés.

C'était impressionnant de voir l'énergie positive que tu dégageais. Toujours enthousiaste, volontaire. Le coach de rêve. Je sortais galvanisé de nos rencontres.

C'était facile et fluide de travailler ensemble. On partageait le goût de l'humour et l'insolence. Je n'ai jamais connu quelqu'un qui sache aussi bien transmettre l'envie d'avancer, un optimisme à tous crins. Tout était simple. On sautillait d'idée en idée. Le plaisir émanait de toi. C'était jubilatoire de te voir t'enflammer quand tu racontais une anecdote. Il y avait une lueur d'enfance dans ton œil. Ça riait beaucoup. On peut dire que ces années-là on a été de joyeux comparses.

Il fallait te voir encore quelques jours avant ton départ t'émerveiller de l'adaptation théâtrale de ton *Montespan*.

Et, paf ! Manque de pot, la boulette !

Si nous avions su que nous t'aimions tant, nous t'aurions aimé davantage.

Tu nous manques.

Le jour des funérailles, une coccinelle s'est posée sur ma table à dessin. Je me suis dit : « Ça fait plaisir que tu viennes nous voir. »

On y voit
que dalle
là-dedans!

Salut, mon Loulou!
La forme?
Insolent!
Appelle-moi Majesté, comme tout le monde!

On ne te voit plus beaucoup ces temps-ci. Il n'avance pas bien vite ton livre sur ma quête de vie éternelle !

Assieds-toi, j'ai encore d'autres croustillances à te narrer !

Il était une fois un grand roi, Louis le Onzième. Cette nuit, il a fait un grand cauchemar. Crâne couronné et vêtu de ma cape royale, je tombais à l'intérieur d'une sorte de grand tube vertical d'une profondeur infinie et enrobé de boyaux pleins. Étendant mes bras sur les côtés, du bout des doigts, je pouvais sentir sur les bords de la paroi circulaire aux humides pierres lisses et glissantes. Je m'enfonçais lisses et glissantes je m'enfonçais parmi les intestins, gardais grêles et gros lentement gonflés. Couvert et débordant tantôt de cendres et de goudrons je tombais…

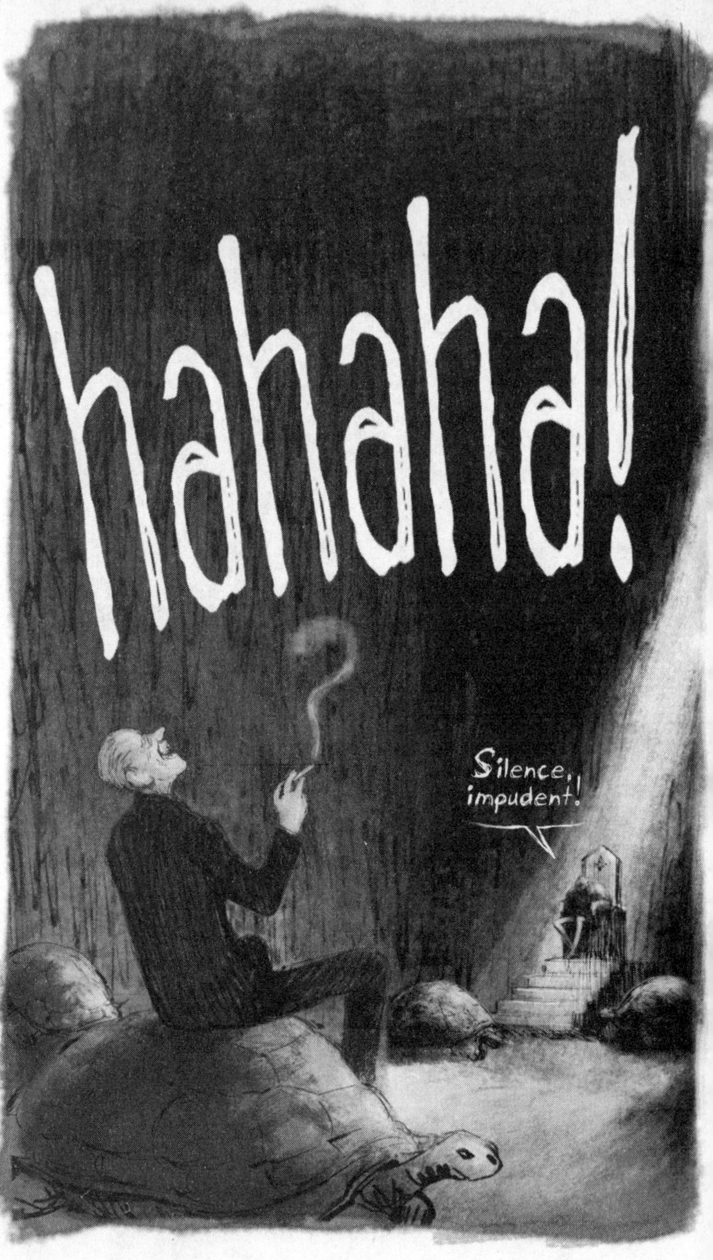
hahaha!
Silence, impudent!

Ça m'a creusé tout ça!

Conception: Dominique Gelli
 Marie Roubenne
Dessins: Dominique Gelli
Textes: Patrick Sourdeval
 Dominique Gelli

(Juillet 1996)

FLORENCE CESTAC

Avec Jean nous nous sommes rencontrés dans le milieu de la bande dessinée au cours des années 80. Ce garçon m'a tout de suite plu car nous étions raccord sur l'humour. Sa manière de jouer au foot m'a définitivement séduite avec son inaptitude récurrente à shooter dans le ballon. Nous sommes restés toujours amis et nous déjeunions régulièrement ensemble. C'est lui, entre autres, qui m'a aidée à reprendre confiance en moi et à réaliser *Le Démon de midi*, mon best-seller. Par la suite nous avons fait l'album *Je voudrais me suicider, mais j'ai pas le temps* sur notre ami auteur de bandes dessinées Charlie Schlingo. Nous avons rencontré ses parents et toute sa bande de copains et je me souviens de grand fous rires pendant la réalisation. Il fallait trancher dans les anecdotes car c'était impossible de tout mettre ni de tout raconter. J'ai assisté à son ascension fulgurante en tant qu'écrivain et, pour moi, il n'a jamais pris la grosse tête, restant toujours le même. Mon fils l'aimait beaucoup et quand je lui ai appris sa mort, il m'a répondu « Mais, c'était mon parrain ! ». Ci-joint une photo de Jean et moi, au parc de Sceaux, lieu d'entraînement du Mickson Football Club où effectivement le parrain touchait le ventre de mon petit à naître !

GRÂCE AU SOUTIEN DE JEAN, J'AI PU FINIR "LE DÉMON DE MIDI"_ (1996)

MAIS OUI, MA FLO, C'EST VACHEMENT BIEN !

IL M'APPELAIT "MA FLO", JE L'APPELAIS "MON JEAN".

ET JE TE FAIS LA PRÉFACE SI TU VEUX ? TU ME FERAIS ÇA ?

PLUS TARD, L'ÉDITEUR DU MOMENT

NON ! PAS L'AUTRE GRAND CON QUI SE PREND POUR RIMBAUD !!!

Un soir de cocktail, coupe de champ aux lèvres, je parle à un gars :

— Alors tu comprends, Florence Cestac est bien gentille, mais là, elle me demande de lui écrire une préface comme si je n'avais que ça à foutre ! C'est que je suis très pris, moi, avec mes succès qui s'enchaînent. Quand je ne suis pas en interview à la télé, à la radio, je sillonne la France en séances de dédicaces où le public m'espère, agglutiné derrière des barrières. Que dis-je la France, l'Europe, oui, et même le monde entier où mes livres sont traduits – t'ai-je dit en combien de langues ? Je fais un triomphe en Italie. Quand j'y suis allé, ce fut un tremblement de terre. En Espagne, je figure dans le top ten depuis deux ans. Je reviens d'une tournée harassante en Allemagne. En Chine, au Brésil et au Japon, je suis idolâtré et elle, la Florence, qui voudrait que j'écrive une préface pour son petit livre publié par un éditeur dont je ne sais même pas comment on prononce le nom : « Heubeukeu ? » Ça aurait été Gallimard, je l'aurais fait au moins pour Antoine mais là... Il y a un truc qui lui a échappé à la Cestac. Elle n'a pas compris que, maintenant, il lui fallait faire la queue comme tout le monde, qu'elle prenne son ticket. C'est vrai, quoi, est-ce qu'elle demanderait ça à Victor Hugo ? Je dis Hugo parce que nous sommes tous les deux nés un 26 février. Tu ne savais pas ? C'est comme mon bureau, il est situé à l'emplacement où Balzac a appris à lire – l'Institution Lepître qui appartenait au baron de Joyeuse –, je te jure ! C'est un signe, non ?

Quelqu'un me tapote l'épaule. Je me retourne :

— Ah, Florence, justement je parlais de toi. T'en fais une tête. Que se passe-t-il ?

— J'AIME PAS non plus les écrivains qui se la pètent !

— Mais pourquoi tu dis ça ?

Jean Teulé
© J'aime pas les gens qui se prennent pour...
Éditions Hoëbeke, 2009

ENKI BILAL

Nous sommes, Miou, Fabienne, Jean et moi, au bord d'une mer turquoise au sud de la Thaïlande. Je travaille à ce moment sur le script de mon troisième long métrage, *Immortel Ad vitam*... De par sa taille Jean a toujours la tête qui dépasse, où qu'il se trouve. Par-dessus mon épaule il peut voir, donc. Et il voit, il lit un nom étrange et me demande : « C'est quoi, c'est qui ce personnage nommé DAYAK ? » Je réponds : « C'est un extraterrestre, un monstre hideux à tête de requin-marteau ». Jean dit : « Je veux faire le rôle ! Je veux faire le casting ! » Il accompagne ses mots d'une gestuelle à base de ses longs bras démesurés. Je dis lâchement : « Le moment n'est pas encore venu »...

Jean me reprochera depuis ce moment, et aujourd'hui encore de là où il se trouve, de n'avoir pas pris au sérieux sa demande. J'ai eu tort. Le film aurait gagné en chair, c'est une évidence. Exit la 3D glaciale, et place à une incarnation vivante... Je me souviens des exercices de bras et jambes complexes de Jean dans la piscine... ce qu'il appelait ses « répétitions pour le casting ».

Jean, quand nous nous retrouverons, faisons ensemble le préquel d'*Immortel...* et appelons-le : *Dayak*.

— Quelle est cette substance et comment se nomme l'endroit ? demande Philippe de Commynes interloqué.

— C'est du sang de tortues de mer géantes nageant autour de ce que les Portugais ont découvert et baptisé *Cabo Verde*. Alors je veux de ce sang à flots. Presque vingt ans de règne m'ont appris comme on le verse. Il n'est pas mal parfois d'aider un peu la providence, précise le souverain que les mains de ceux qui l'essuient font tourner comme une marionnette.

Le roi rote. Le docteur s'agace :
— Sire, votre haleine sent trop le vin et une forte odeur de gibier en cours de digestion.
— Oh, juste un peu de biche…

..., chacun ici n'est plus que stupéfait par le trou du cul astral de Louis XI. Quel bordel que ce soleil tout débordant de circonvolutions énormes et emmêlées aux teintes brillantes roses et beiges entre lesquelles s'échappent des flatulences très malodorantes !

Jean Teulé, assis au centre,
et François Delebecque à sa gauche

François Delebecque

J'ai rencontré Jean par le football et l'équipe de foot de la BD (le Mickson Football Club) que Frank Margerin avait lancée en 1985 environ. Nous jouions très assidument tous les samedis midi au parc de Sceaux, avec des sacs de sport faisant office de poteaux de buts.

Jean, dégingandé, avec ses grandes jambes, a arrêté assez rapidement, mais venait nous soutenir dans nos matchs, à Angoulême par exemple.

En 1990 il m'a demandé de faire les photos NB de l'album *Les Boutiques de notre enfance* (First, 1991) dont il a écrit les textes relatifs aux personnalités, les autres étant l'œuvre de sa première épouse, Zazou Teulé Gagarine (décédée), nous formions un trio de connivence.

En 1991 j'ai réalisé la couverture de son premier roman *Rainbow pour Rimbaud* (Éditions Julliard). Jean était grandement soutenu et encouragé par Jean Vautrin.

Puis il réalise pour Canal + « Le journal du Art » en 1994-1995, une courte émission sur l'art brut et les curiosités artistiques, et je suis envoyé en reportage aux quatre coins de la France.

(Nos enfants respectifs étaient un sujet de discussion et de rapprochement entre nous, lorsque nous allions prendre un verre, récemment, rue de Turenne, quand j'exposais pas loin...).

De plus mon atelier est à... Arcueil depuis vingt-cinq ans.

La favorite de Louis XI
et sa fillette

Au rire coquin de Jean Teulé
François Delebecque

Philippe DRUILLET

En 1987, à l'occasion de la sortie de la première édition de son album *Gens de France*, les responsables du festival de la BD d'Angoulême me demandèrent, en tant que président, de remettre à Jean Teulé une mystérieuse « Mention spéciale en raison de son apport exceptionnel à l'évolution de la BD ». Je le voyais pour la première fois. Je ne fus qu'à moitié surpris quand il me déclara que, puisqu'on le traitait comme un dessinateur mort, il ne toucherait plus jamais un crayon. Désormais il écrirait des livres.

Nous avons ri et ne nous sommes plus quittés. Pour moi Jean est un Céline contemporain, sans le côté nauséabond.

BENJAMIN PLANCHON

Rappel

« Je meurs ! Le roi se meurt ! » assène-t-il en contemplant son reflet dans le grand miroir de sa loge. Il répète ses répliques pour se les mettre en bouche, mais quelque chose le gêne. Quelque chose sonne faux. Son costume a soudain l'air trop grand. D'épaisses gouttes de sueur coulent de sa perruque et dégoulinent le long de son visage poudré. Il n'a rien d'un roi ; rien d'un moribond ; c'est certain, on le prendra pour un clown. Il n'est pas à la hauteur du rôle qui lui a été confié.

Le trac afflue subitement, froid et inattendu, comme une injection de paralysie. Pourquoi la vieille angoisse a-t-elle attendu les deux tiers de la représentation pour pointer son museau ? Il croyait l'avoir évitée, cette fois-ci. Le troisième acte va bientôt commencer et il sera bien obligé de retourner sur scène. Il ne parvient plus à se rappeler avec précision ce que l'on attend de lui. Respirant avec difficulté, il s'assied lourdement sur le siège de sa loge. Il se sent comme un insecte captif d'une gigantesque toile. Et s'il n'était pas capable de jouer la mort du roi ? de rendre justice à l'acte III ? Et s'il n'était pas crédible, en Louis agonisant ? Ne s'apprête-t-il pas à trahir la pièce et son auteur ? Il a la sensation de peser deux tonnes. Ses jambes sont scellées au sol.

Il faut, pour parvenir à incarner la mort de Louis XI, qu'il y croie tout à fait. Il doit convoquer les souffrances infernales qu'a traversées le souverain et les ressentir à son tour. L'interprétation exige tous les sacrifices. Il se concentre et se frappe le front d'un poing vif et osseux. Ses phalanges craquent sous le choc et impriment sur sa peau une marque rouge vif. Mais ce n'est pas assez. Il recommence, deux fois, trois fois, se cognant avec de plus en plus de force le menton et les joues ; en vain : cette douleur est inopérante. Trop sage, sous contrôle, elle ne lui apprend rien et se révèle incapable de lui faire ressentir les souffrances atroces qui raclèrent jadis les entrailles de Louis. Cette méthode est grotesque et ne lui convient pas.

« Je suis Louis. Je suis Louis et je tombe ! » reprend-il, les yeux plantés dans ceux de son reflet. Il lui faut se transfigurer par la seule force de sa concentration. Par son seul talent. Mais en a-t-il seulement ? Sait-il encore jouer ? « Sers-toi de ton vécu, idiot, se dit-il. Réveille d'anciennes souffrances. Technique américaine. » Il ferme les paupières et écoute son corps. Pour s'approcher au plus près du calvaire du roi, il tente de raviver les douleurs qui lui tordaient le ventre lorsque, comédien en herbe, il a subi de terribles épisodes de colique néphrétique. Il se souvient avec une précision affreuse de la sensation d'étau et de la manière dont, pendant les crises, son « aigle intérieur » lacérait son abdomen – c'est ainsi qu'à l'époque il se représentait la maladie, comme un aigle enragé dévorant ses organes. De son supplice, il n'a rien oublié. Quelques picotements traversent soudain son ventre. Puis une intense contraction, côté gauche. Si son corps retrouve la voie vers cette souffrance, s'il réactive la mémoire de sa chair, il aura gagné. Il aura prouvé sa puissance de comédien. Alors, plus de simulation, tout sera authentique. Il souffrira vraiment. La magie va opérer. « Elle opère déjà ! » essaie-t-il de se convaincre.

Une brûlure sourde palpite à son flanc. Il voit poindre la fin. Les voilà, les visions ! Le voilà, son rôle, qui prend possession de lui. Louis commence à remuer sous sa peau. La métamorphose est imminente. Il va y arriver. Ses lèvres violettes articulent déjà des mots incohérents, tandis que des images terribles assaillent son cerveau. Il voit une enfant suppliciée sur un lit conjugal, une lionne défenestrée, des piscines de sang, un éléphant d'Égypte dévoré par les gueux, des sangsues affamées assiégeant son séant, une araignée cosmique prenant dans ses filets toutes les constellations. Sa vision s'obscurcit et sa tête lui tourne. C'est une sensation divine.

« C'est ainsi que je meurs. Seul, comme Dieu ! » répète-t-il. Avec majesté, il accueille les douleurs, qui tordent ses chairs glaciales. Il a l'impression que les troupes du Téméraire se sont reconstituées pour infliger à son corps les ultimes souffrances et que toutes les victimes de Louis XI sont sorties de leur tombe pour se venger de lui. Les ombres de ses ennemis rampent à ses trousses.

Il entend alors des bruits confus, venus d'on ne sait où, qui traversent les sols et tombent des plafonds. L'acte III a commencé. Des éclats de voix, des rires, des huées. Quelques applaudissements. Tout est étouffé, incertain, menaçant. On le moque sans doute, là-haut. « Sur scène, se dit-il, on se rit de mes vices, de mes fautes, de mes difformités. » C'est ainsi que l'on traite ceux que l'on craint. Une rage acide monte jusqu'à sa gorge. Ses fillettes sauront châtier les insolents. Il y jettera sans ciller les moqueurs et les ironiques. Ceux qui prennent leurs effronteries pour des révolutions. Dans leurs clapiers humains, ni debout, ni assis, ils ne connaîtront jamais plus le repos. Il est prêt à punir le royaume tout entier. Tous les autres dans une cage, et lui, seul, au-dehors. Il va monter sur scène, et leur rappeler, à tous, qu'il reste le monarque.

Il sort de sa loge.

Jean récupère sa détaxe à quelques minutes du début de la représentation et entre dans la salle. Sa place est nichée au cœur de l'orchestre, au troisième rang, fauteuil n° 8, et pour y accéder il lui faut demander à tous les spectateurs de la rangée de se lever. Certains le reconnaissent, avec un petit sourire en coin, d'autres s'obstinent à rester assis et se laissent enjamber. Il atteint finalement sa place et, avant de s'asseoir, se demande comment loger ses jambes immenses dans un espace aussi minuscule. Après quelques minutes à compresser ses muscles et à replier ses membres, il parvient à trouver une position acceptable et ne fait plus un geste. Il prie pour ne pas subir de crampes et espère que la pression ne finira pas par l'expulser dans les airs comme un bouchon de champagne. Derrière lui, une vieille dame soupire ostensiblement, outrée par l'irruption de ce géant qui la prive de la moitié de son champ de vision. Jean jette brusquement la tête en arrière pour observer les peintures des plafonds. L'amoncellement d'angelots dodus, de beautés alanguies et de nuages orangés jure avec le décor sombre de la scène. Le plateau est d'un noir profond et on peine à y distinguer la table de chêne, les fauteuils de cuir, le morceau d'escalier et la statue en ruine. La composition scénique est résolument ténébreuse. Jean se demande si la mise en scène laissera une petite place à l'humour qu'il a tenu à injecter dans le texte. Un murmure parcourt soudain le public. Les lumières s'éteignent.

Il se tient le ventre comme pour l'empêcher de s'évider sur le sol et monte en boitant l'escalier conduisant à la scène – à sa chambre. Il enrage de se voir ainsi pitoyable, empêché, un vieillard grotesque, lui qui jadis portait la France à bout de bras. Plus rien de capétien en lui. Plus rien, même, de valois. Le roi ploie sous l'homme. Un jeune homme au visage percé et aux cheveux bleus vient à sa rencontre.

— Ah, tu es là, dit-il, je te cherchais partout. C'est bien que tu montes, tu entres en scène dans cinq minutes. Mais tu vas bien ? Tu as une mine affreuse.

— Voici venu l'hiver de mes acharnements. Les montagnes les plus hautes finissent en collines et de tous les rochers, le sable est le destin. Las, je m'extrais du temps.

Le jeune maquilleur hésite à faire un raccord sur le visage du comédien, mais renonce. La dégradation du maquillage contribue à rendre plus crédible son agonie.

— En tout cas, dit le garçon, la repré est géniale. Pour une générale, c'est rare. La presse va adorer. Les deux premiers actes ont été éblouissants, rien à voir avec les répètes. Ça a pris vie, d'un coup. Surtout la scène de l'auberge. Ta tête de gargouille lorsque les ivrognes parlent de toi ! Et le moment où tu envoies Meulan aux cachots... Tu as réussi à me faire peur.

— Dans la terreur fleurissent les pensées les plus nobles. Diable, cet escalier n'a-t-il donc pas de fin ? Vais-je y perdre la vie, ainsi qu'un vieux laquais ? Mes jambes m'abandonnent.

— Dépêche-toi un peu, l'acte III commence déjà, c'est la tirade d'Olivier Le Daim. Ça va être à toi. Sais-tu que Jean est dans la salle ? Il a adoré le début de la pièce. Son rire fait trembler les lustres. Mais attends, ton costume est tout de travers.

Le jeune homme s'approche pour réajuster l'habit du souverain, mais celui-ci lui gifle sèchement la main et poursuit son ascension en râlant.

— Vois-tu comme je souffre ? Comme ton roi est vieux ? Ah, ce ne peut pas être grave. Il n'est pas temps que je meure et mon bon Coictier trouvera bien à mes maux l'un des remèdes affreux dont il a le secret. Des yeux de veau en poudre, de la résine de crabe, de l'écureuil confit, de la réglisse d'élan, du placenta de hyène, du sperme de varan, de la moelle d'oursin, des ossements de méduse, du paysan en gelée ou du sorbet d'enfant. J'avalerais n'importe quoi. De toutes ces horreurs, je ferais mon festin. On peut bien m'injecter dans le crâne de la pisse de congre ou me transfuser du purin d'algues mortes, pourvu que je vive. Entends-tu, jouvenceau ? Pourvu que je vive.

— Du calme, garde ton énergie pour la scène, dit le maquilleur, un peu embarrassé par l'intensité rageuse du vieil homme.

Il contemple alors la face du comédien. Quelque chose, dans ses traits, semble s'être altéré depuis la séance de maquillage qui a précédé la représentation. On ne saurait dire exactement quoi, mais son allure n'est plus la même. Son nez paraît plus massif et son front plus bas. Sa peau est couverte de plaques grumeleuses,

ses rides sont creusées et le blanc de son œil vire au jaune de Naples. Il a pris dix ans depuis le début du spectacle. Sa silhouette elle-même s'est transformée ; il a l'air d'avoir perdu trente bons centimètres et son dos se déforme d'une bosse de centenaire. Il y a dans cette métamorphose quelque chose de répugnant. Le jeune homme frissonne. Dans les chairs de l'acteur poussent les mandibules de Louis le Onzième.

Le petit talkie-walkie du maquilleur grésille soudain, on y entend quelques mots indistincts.

— Je dois aller maquiller Anne de France, dit-il en dévalant l'escalier. Monte vite, la scène t'attend. Si tu dois mourir quelque part, c'est sur les planches, pas en coulisses.

— Parle-moi encore de la mort, nigaud, et je te fais décapiter au ciseau sur la grand-place de Senlis, siffle le vieillard.

Le jeune homme déguerpit. Le roi, assailli par mille tourments, parvient au prix d'abominables efforts à atteindre le sommet de l'escalier. Après avoir toussé jusqu'à la déchirure, il pousse d'une main tremblante et tachée par le temps la porte des coulisses. À quelques pas de lui, sur scène, Olivier Le Daim le regarde, une tortue dans la main gauche. Louis peut faire son entrée.

Acte I, scène 1. Le noir est total. On n'entend rien, d'abord, puis un curieux bruissement. Tout le monde retient sa respiration. On distingue alors des cliquetis, comme de minuscules bruits de pas. Un projecteur se met à clignoter d'une lumière très légère, évanescente. Peu à peu, on aperçoit des mouvements, sur scène, sans pouvoir bien cerner de quoi il s'agit. Quelque chose rampe. Quelque chose grouille. L'œil s'habitue progressivement à la quasi-pénombre et finit par comprendre : des centaines de tortues traversent la scène de leur démarche lourde et empruntée. Certaines sont gigantesques, d'autres font la taille d'une petite assiette. Elles sont toutes pareillement préhistoriques, leurs yeux pareillement impénétrables. Jean, sourire aux lèvres, les contemple en jubilant. Il envoie un coup de coude dans le bras de sa voisine et lui lance : « Faites gaffe. Elles sont venues pour vous. » Une odeur curieuse parvient alors aux spectateurs. Un parfum de fauve et de poisson. Les tortues resteront sur scène pendant toute la représentation. Quelques-unes réussiront à gagner les coulisses. D'autres grignoteront le décor ou dégringoleront dans l'orchestre, provoquant des acclamations amusées ou outrées des spectateurs. Leur bestialité froide badigeonnera toute la pièce et leur odeur plongera le public dans un état curieux de dégoût et de fascination. La dame placée derrière Jean remarque que la nuque du grand bonhomme se détend peu à peu. Il était assez inquiet à l'idée de voir son roman porté à la scène, mais l'ouverture de la pièce le réjouit. Il se sent chez lui.

Le roi pénètre dans sa chambre sans voir les tortues qui constellent le sol. Olivier Le Daim le contemple en souriant. Son appareil dentaire phosphorescent se détache nettement de la pénombre, comme un cachot surnaturel flottant dans les airs. Dans sa main droite, on aperçoit des reflets ruisselants sur un rasoir ouvert. Louis s'approche de son barbier, l'œil vide et la bouche entrouverte. Sa mâchoire tremble un peu. Il laisse passer un silence considérable. Plus d'une minute, sans un mot. Sur une scène de théâtre, c'est une éternité. Le Daim reste planté devant lui, un peu perdu, tentant de conserver son sourire lumineux. Il finit par n'avoir d'autre choix que d'aider son souverain.

— Alors, Sire ?

— J'ai oublié, dit Louis d'une voix brisée et désarmante. Pardon, mon ami.

Le comédien se tourne vers le public et approche doucement de l'avant-scène, brisant le quatrième mur sans pudeur et sans honte.

— Pardon à tous. J'ai tout oublié. Un trou noir.

Olivier tente de rattraper son collègue de jeu.

— On dit qu'il circule tant d'intelligence dans les grands esprits qu'ils peuvent déborder d'idées. Vous rappelez-vous au moins Charles, votre père ?

— J'ai tout oublié, te dis-je, réplique Louis avec méchanceté, avant de désigner le public. Eux ont très bien compris.

— Eux ? Votre corps de garde, voulez-vous dire ? tente Olivier, en désignant les spectateurs. Les quatre cents braves qui veillent en permanence sur le château du Plessis et qui tiennent le monde à distance de vous ? Ils sont bien laids, tout de même.

Il obtient quelques rires embarrassés.

— Je ne sais plus ce que je suis censé faire, dit Louis. C'est ma tête qui se brouille. Aide-moi, mon bon Satan. J'ai oublié ce que j'ai fait pour mon pays et mes braves Français. Oubliées la Poste, la paix et l'unification. Oubliées les routes et l'union des cultures. Les victoires sur le Téméraire et la mise au pas des princes. J'ai oublié la France, Satan.

Louis est à côté du texte. Il en restitue vaguement quelques idées, mais il est loin du compte et la scène risque de finir en débâcle. Olivier, visiblement mal à l'aise, donne le change en appuyant les mots du roi de mimiques entendues. Le public hésite encore. Il n'est pas certain de la nature de ce à quoi il assiste. La continuité avec le début de la représentation est rompue.

— Ah, je perds mes répliques, reprend Louis. Est-ce l'heure d'un soliloque ? Dois-je maudire le nom de mon père, ce poltron de Charles VII ? Faut-il que je pleure mes enfants enterrés ? Combien sont-ils, déjà ? L'un d'entre eux n'a vécu que quelques heures, je crois. Un petit tour et puis s'en va. Oh, attends, Olivier, j'ai un truc pour m'exciter la mémoire, voyons voir si ça marche. Un truc de mon école de théâtre.

La metteuse en scène, dans les coulisses, mord son écharpe d'angoisse et de colère. Sa pièce s'effondre sous ses yeux et Jean, dans l'obscurité, ne doit pas en revenir de voir ainsi l'acteur piétiner ses tirades. Elle se demande si la honte peut provoquer une combustion spontanée. Voilà une fin qui serait théâtrale. Louis, en plein exercice de désinhibition, s'assied sur le rebord de la scène, et récite un poème.

— « Frères humains, qui après nous vivez,
N'ayez les cœurs contre nous endurcis,
Car, si pitié de nous pauvres avez,
Dieu en aura plus tôt de vous merci. »

« Villon ? se dit la metteuse en scène, au bord de l'implosion, que vient-il faire ici ? » La *Ballade des pendus* n'est parue que six ans après la mort de Louis XI. Encore une divagation du comédien. Il ne trouve pas la note. Ses improvisations sonnent faux et il a perdu son personnage. Il a été si merveilleux pendant les deux premiers actes, qu'est-ce qui lui prend ? On ne le reconnaît plus. Pourtant, le public a l'air d'apprécier le poème.

— « La pluie nous a débués et lavés
Et le soleil desséchés et noircis ;
Pies, corbeaux nous ont les yeux crevés,
Et arraché la barbe et les sourcils.
Jamais nul temps nous ne sommes assis ;
De-ci de-là, comme le vent varie,
À son plaisir sans cesser nous charrie,
Plus becquetés d'oiseaux que dés à coudre.
Ne soyez donc de notre confrérie,
Mais priez Dieu que tous nous veuille absoudre ! »

La metteuse en scène, soudain, comprend où il veut en venir : l'acteur ouvre une brèche, une transition vers la scène des cachots. Villon a composé sa *Ballade* en prison ; des années plus tôt, alors qu'il était emprisonné dans d'autres geôles, Louis XI a libéré lui-même le poète. La deuxième scène du troisième acte se déroule dans les recoins ténébreux du château du Plessis, où croupissaient, dans leur cage minuscule, des ennemis du roi. Le poème de Villon est un chemin vers cette scène. Grâce à lui, peut-être est-il encore envisageable de reprendre le fil du récit et de le tirer jusqu'à sa fin inévitable – la mort du grand roi. Il reste un espoir.

Acte I, scène 2. La rampe située en avant-scène s'allume doucement. On découvre qu'au beau milieu du champ de tortues, avachi dans un énorme fauteuil club, se trouve un homme d'une bonne cinquantaine d'années. Il porte une chemise de nuit et un bonnet. Sa main agrippe une bougie, qui éclaire sa vilaine face. Louis est là, dans sa marée de reptiles. Jean est ému de le voir ainsi vivre. De voir sa silhouette et sa peau. D'entendre sa voix. Son Louis XI a pris vie, comme Pinocchio. Ou comme la créature de Frankenstein. Pour l'auteur, cette venue au monde est surnaturelle. Louis, en chair et en os. Sa première phrase – « Capitaine des gardes, qu'est-ce encore que ces cris que j'entends s'approcher dehors ? » – claque dans le silence. L'acteur a immédiatement attrapé son audience. Il raconte alors, comme pour lui-même, l'exécution du duc de Nemours par lui ordonnée. L'histoire macabre des enfants littéralement éclaboussés par le sang de leur père. Le comédien est virtuose, tour à tour glaçant, perdu et bouleversant. Il ne formule aucun regret, mais son langage corporel, avec beaucoup de subtilité, transmet au public tout le poids que cette exécution fait peser sur ses épaules. À la fin du récit grandiose et dégoûtant de la décapitation, au moment précis où Louis décrit la manière dont fut coupée la gorge du duc, des milliers de serpentins de papier rouge tombent doucement du plafond, couvrant la scène, l'acteur et les tortues d'un tapis rouge sang. L'image, depuis la salle, est saisissante. Sublime et répugnante. Jean est ému de voir son travail continuer à vivre. Vivre en dehors de lui.

La pièce a repris son cours et Louis est parvenu après de longues minutes de funambulisme à s'extraire de l'attraction morbide qu'exerçait sur lui son trou de mémoire. L'acte III se déroule désormais à peu près normalement, mais la metteuse en scène reste concentrée, à l'affût de la moindre sortie de route.

Le roi, au début de la scène 4, se tient debout, les bras en croix. Jambes nues, il ne porte qu'une longue chemise de nuit blanche, tandis que son médecin, Coictier, le palpe lentement, l'air préoccupé.

— Je vois, dit le médecin.
— Que voyez-vous, dit Louis, inquiet.
— Intéressant, murmure Coictier.
— Ah, maudit ! gémit le roi.
— Le corps fait parfois des choses prodigieuses. Il a de ces inventions...
— Aie pitié, charlatan. Parle-moi !
— Messire veut la vérité toute nue ? C'est que... J'ai peur qu'il m'en tienne rancœur... Il faudrait me rassurer.

— Je t'offre un évêché tout neuf, escroc. Je t'offre des vignobles et des hommes en armes.

— Comme Messire voudra. Voici mon diagnostic : vous êtes, mon roi, sur le pas de la porte.

— Que dis-tu ? De quelle porte ?

— Comment vous dire ? Vous allez, dans quelques jours, rejoindre les rivages de la sérénité.

— Quoi ça ? Es-tu médecin ou géographe ?

— Sire... Comprenez-moi... Votre âme baignera bientôt dans un océan de modestie... L'éternité vous tissera un joli drap de poussière... Des fleurs d'albâtre pousseront sur vos épaules... Toujours rien ? Vous allez disparaître dans les replis du temps ? Les renards du démon flairent déjà vos chairs grises ? Non ? Vous allez craquer la bûchette ? Brouter la paille des quatre veaux ? Gober les chicots de minuit ? Poivrer le gredin ? Glairer sous estafette ? Enfin, Sire, concentrez-vous !

— Tu me rendras fou, Coictier !

— Ah, puisqu'il le faut... C'en est fait de vous, Majesté. Dans quelques heures, vous serez mort.

— Mort ! s'exclame le roi. Tu veux dire que je vais mâchonner le coucou ?

— Voilà.

— Impossible. Mourir est bien trop dangereux.

— Dieu vous rappelle à lui, Sire.

— Qu'il me laisse donc... J'ai besoin de miracles, Coictier, pour être exempté du trépas. Il me faut un passe-droit. Faire du Très-Haut

203

mon complice. À qui, chez les esprits, faut-il graisser la patte ?

— Ce n'est pas dans mes cordes, Sire. Je ne m'occupe que de ma propre patte.

— Ah, il me faut du personnel compétent. La crème de la crème en matière de bonté. Quelqu'un qui a des contacts privilégiés avec Notre Seigneur Tout-Puissant. Un cador du divin. Gardes, faites venir François de Paule ! C'est un vrai saint, Coictier, pas un brigand comme vous. D'habitude, il vit seul, dans une grotte. Il se nourrit de racines et se désaltère de l'eau du ruisseau. Une vraie taupe. Une taupe sacrée. Méchant et irascible, comme tous les saints. Il vous pointe du doigt depuis ses cimes. Mais il a les faveurs de Jésus-Christ en personne. Je l'ai fait venir de Naples pour profiter un peu de son réseau céleste. Il aura des tuyaux pour moi. Pourquoi me regardes-tu comme ça, Le Daim ? Je vais me mettre Dieu dans la poche. Que l'on me fasse livrer la Croix de Saint-Laud, une bonne douzaine de crucifix, soixante kilos de médailles à l'effigie de la Vierge, un chariot de reliques en tout genre et mes talismans préférés. Nous allons chasser le démon.

Coictier écarte les bras et pousse un soupir d'impuissance. Le vieux Louis ne veut donc rien entendre. Il refuse d'admettre son agonie pourtant évidente – le roi tousse, sue, suinte, pue. Lui qui a toujours été un esprit fin et rationnel, rusé et délicat, est devant la mort un vrai Quichotte. Olivier Le Daim s'approche d'eux, la bouche tout encombrée de ses bagues lumineuses.

— Médecin, laisse-moi t'aider à clouer dans le crâne royal l'idée de son trépas.

— Je veux bien, dit Coictier, reconnaissant. Je n'arrive à rien.

Le Daim se positionne tout contre son souverain, qui flotte comme un nuage, tout à ses illusions d'éternité. Olivier saisit le souverain par ses royales épaules.

— Sire, grogne-t-il d'une voix ferme, il est trop tard... Votre délabrement est terminal. Vous crevez, bon sang ! Dieu s'acharne sur vous en vous laissant vivre.

— Qu'en sais-tu ? dit le roi. Que sais-tu du Créateur ? Tu n'es qu'une brute à crocs. Dieu est mon protecteur.

Le Daim rugit d'impuissance. Un homme sans front au regard noir surgit des coulisses. Il s'agit de Simon de Phares, astrologue du roi, qui vient tenter à son tour de raisonner Louis.

— Savez-vous ce que l'avenir dira de votre mal ? dit-il avec un sourire fielleux. Voulez-vous que je vous parle en termes anachroniques ? Les savants du futur, je l'ai vu en pensée, affirmeront que vous souffrez « d'artériosclérose d'origine goutteuse chez un hémorroïdaire avec réactions cutanées, ayant débuté par un état de dépression neuropsychique avec idées de persécution, s'étant manifestée par un ramollissement cérébral ». Comprenez-vous enfin ? Vous calanchez, messire !

Simon de Phares, Olivier Le Daim et Jacques Coictier encerclent maintenant le souverain. Pas question de laisser vivre en lui la moindre illusion. Le roi titube jusqu'à son fauteuil et s'y écroule comme un ivrogne. Il fait le signe de croix en crachant.

— C'est bon, concède-t-il. Vous avez gagné, persécuteurs. Je vais prendre mes dispositions. Mais je refuse d'être le seul à souffrir ! Ouvrez donc un peu les portes que j'entende gémir les suppliciés du Plessis qui se lamentent dans mes fillettes.

Olivier Le Daim s'approche du fond de scène et déplace une petite armoire qui cache une porte de bois. Des hurlements étouffés en sortent.

— Mes fillettes, dit le roi d'un air soudain rêveur. Ce mot rappelle à mon esprit le visage de ma bonne fille. Mon Anne. Anne de Beaujeu, Anne de France, peu m'importent ses titres, elle restera mon Anne. J'ai honte à l'avouer, mais je nourris pour elle une certaine forme de tendresse. Elle est la moins folle femme du monde – car de sage, il n'y en a point.

À cette saillie misogyne, un murmure outré parcourt la salle. Le comédien ne le remarque pas. Il est tout à sa scène. Il est tout à son rôle.

— J'aimerais la prendre dans mes bras avant de quitter ce monde.

Un frisson de terreur court le long de son échine. Il prend une grande respiration et, d'une voix déchirante, blessée, presque animale, pousse un hurlement que l'on a dû entendre jusque dans le foyer du théâtre.

— Anne ! Mon Anne ! Ne m'abandonne pas !

Acte II, scène 3. Ovide et ses métamorphoses. Un passage du livre auquel tient beaucoup Jean. Le don d'échapper à soi-même l'a toujours intéressé. La metteuse en scène s'en est sortie en projetant des images sur les corps de comédiens incarnant les personnages du poète – du laurier pour Daphné, des roseaux pour Syrinx, des branches pour les Héliades, un cerf pour Diane, des araignées pour Arachné. La matière des corps, ainsi habillée d'images mouvantes, semble instable, changeante, indéfinie. L'identité, introuvable. Découvrant la manière dont son roman a été changé en pièce, Jean sourit de toutes ses dents. Il se rappelle les discussions avec la metteuse en scène, à qui il a décidé de laisser une totale liberté. Elle a pu choisir comme elle l'entendait ce qu'elle retiendrait du livre. Des histoires, des dialogues, des plaisanteries, elle n'a conservé que ce qui l'intéressait. Elle n'a par exemple pas souhaité représenter la nuit de noces entre le très jeune Louis et la petite Marguerite Stuart, qui la mettait mal à l'aise, et c'était bien son droit – après tout, ce n'était rien d'autre que le viol d'un enfant par un autre. Jean n'est pas du tout intervenu pendant la période d'écriture. Il n'a pas assisté aux répétitions et n'a lu qu'une version de travail de la pièce, qui lui a plu. Il est resté à distance, comme une silhouette rassurante. Un soutien, dans l'ombre. Le public de la générale, pour le moment, a l'air conquis. Les tortues ont fait sensation et les comédiens sont merveilleux. Celui qui incarne Louis XI fait résonner avec humour et puissance les dialogues de Jean. Tout se déroule comme prévu.

Anne de Beaujeu, à genoux à côté du lit royal, prend la main de son père et la serre sur sa poitrine. Le visage du roi est livide et son corps amoindri est secoué de tremblements. Le comédien est si convaincant qu'un médecin installé au huitième rang doit se retenir de ne pas venir lui porter secours. La mort rôde dans les lieux.

— Anne, cher cœur, vois-tu comme je m'éteins ? Sens-tu l'âme de ton père qui, déjà, s'évapore ? N'aie pas peur, mon enfant. La mort n'est pas grand-chose. Elle n'est qu'un vent fragile qui efface une silhouette dessinée sur le sable. Fshhhhhhh... Entends-tu son soupir ? Un souffle, et je retourne au temps.

— Père, je ferai chérir votre souvenir au travers du royaume. Jamais France ne vous oubliera. À jamais, elle vous chantera comme le roi des rois.

— Je suis France, ma fille. Il faudra que tu apprennes à Charles à l'être à son tour. Pauvre petit moineau, rachitique et malade. Que Dieu lui prête force.

— J'en ferai un monarque. Son œuvre sera la vôtre. Depuis votre tombe de marbre, vous entendrez les Français louer sa gloire.

— Qu'on m'enterre à Cléry, ma fille.

— Mais Majesté, les souverains dorment à Saint-Denis, en sa basilique...

— Saint-Denis n'est pas pour moi. Je n'aime pas les fastes des monarques. Tu connais mes habits frustes, ma mine de paysan et mon goût pour le vin. Je suis, de tous les rois, le plus proche de mon peuple. Lorsqu'ils me rendaient visite, les nobles étaient étonnés de trouver un manant. Ce tour, je le joue depuis l'enfance. Je m'habille de loques et surprends les idiots. Sais-tu qu'un jour, à Abbeville, un gros bonhomme plein de vin a gueulé : « Est-ce là un roi de France, le plus grand roi du monde ? Ce semble mieux être un valet qu'un chevalier. Tout ne vaut pas vingt francs, cheval et habillement de son corps. » Il avait vu juste, ce bourrin-là. J'ai l'humilité du Christ et j'en ai le pouvoir.

— Père, enfin... Si François de Paule vous entendait...

— La statue, sur ma tombe, me représentera à genoux, avec mon chien et en habits de chasse, pas en costume d'apparat. La chasse, c'est la répétition de la guerre. J'en ai interdit la pratique aux nobles, non par caprice, comme on l'a dit, mais pour leur faire comprendre que moi seul pouvais pratiquer le combat et diriger des troupes. La guerre est l'affaire du roi, disait cette loi. Sais-tu que j'ai chassé l'homme, un jour, dans le parc d'Ambroise ? L'affreux plaisir que ce fut ! Le garçon était un condamné, que j'ai fait couvrir d'une peau de cerf encore fumante. Je lui ai laissé un peu d'avance, puis j'ai lancé mes bêtes à sa poursuite. La meute royale a déchiqueté la proie. Mes bons chiens se sont régalés de sang d'homme. Comme j'ai ri, ce jour-là !

— Assez de ces souvenirs macabres, mon père...

— J'aime tant chasser que depuis mon impotence, j'organise dans l'enceinte du château des poursuites savoureuses : mon terrible Olivier libère des rongeurs dans ma chambre, puis nous lâchons sur eux des chiens ratiers affamés et de nobles lignées, qui les pistent à travers les chambres, les galeries et les cuisines. Les chiens gagnent toujours. Entends-bien cette leçon, ma chère fille : toujours, les chiens gagneront.

— Je déteste vos chasses, soupire Anne de France. Je déteste les sangs.

— On vous a appris à les détester. On vous a dressée ainsi.

— Père, vous redevenez méchant. Donnez-moi plutôt vos consignes pour la charge qui m'attend. Quelle régente souhaitez-vous que je sois ?

— Régner est chose simple : il faut en toutes choses préférer la ruse à la brutalité. Éviter la guerre autant qu'il se peut. Exploiter les vices des uns et les peurs des autres et tisser sa toile en silence. Mais toujours, dominer. Tout tient en deux mots, ma fille : être impitoyable.

Les lumières s'éteignent.

Acte III, scène 5. Le plateau est plongé dans une obscurité totale. Jean se demande comment se terminera la pièce. Pour une raison étrange, il ne parvient plus à se souvenir de la fin de son roman. Il a dû raconter la mort du roi, bien sûr, mais la manière dont il l'a fait lui échappe, comme un rêve dont il n'arriverait pas à ressaisir la forme. Un frisson lui court dans la nuque et il est pris d'une sensation de vertige. Il se concentre sur la pièce. La scène figure l'arche de Noé qu'était devenu le château du Plessis à la fin du règne de Louis XI. D'innombrables animaux séjournaient auprès du roi, qui adorait leur présence. Des serins, des biches, des grues, des tourterelles d'Afrique, des bichons de Chio, des lévriers, des chevaux, des paons blancs, des autruches, un lion, un porc-épic, des rennes de Scandinavie, et même un éléphant, ainsi que de majestueux cerfs lâchés dans les jardins. Reclus dans sa forteresse, ne recevant presque plus de visites, le roi avait terminé sa vie au milieu de centaines de bêtes venues pour certaines de terres lointaines. Leur compagnie devait apaiser ses terreurs et calmer un peu ses délires paranoïaques. Il devait leur trouver une force qui lui manquait. Pour représenter la gigantesque ménagerie qu'était alors le château, la metteuse en scène a opté pour un système très simple et très graphique : les ombres chinoises. Un projecteur extrêmement puissant est posé au sol, côté jardin. Sa lumière directionnelle dessine une lune ronde sur le fond de scène. Un dispositif mécanique fait défiler à ras du projecteur des centaines d'origamis pendus à des fils invisibles, dont l'image décuplée apparaît aussitôt sur les murs. Une ronde d'animaux de papier tourne dans la lune. Il n'y a pas de musique, juste des pépiements, des grognements, des hululements. Le bestiaire est bien là, dans la salle. On peut le sentir vivre. « Le théâtre est le roi des arts », se dit Jean. Il permet de tout figurer. Une pluie de confettis rouges, voilà le sang ; un enfant surgit du dessous d'une table, voilà une naissance ; trois barreaux dessinés par la lumière, voilà un cachot ; un voile noir tombe des cintres, la mort est là. Le spectateur est ici le complice de l'artiste. Ils jouent à croire ensemble. L'artifice est visible, assumé, et le contrat est clair. Sur scène règnent la métaphore et la mythologie. Jean aime cette liberté qu'offre le théâtre, sa capacité de susciter la croyance et sa puissance de figuration. La scène de la ménagerie se termine sur la projection d'un dessin représentant un lévrier blanc aux yeux doux. Mistodin, le préféré du roi. Jean reconnaît le chien : ce dessin est tiré d'une de ses œuvres de jeunesse. L'image disparaît peu à peu. « Il est temps que Louis meure », se dit Jean. Mais il ne parvient toujours pas à se rappeler la fin de son roman. Il n'y a dans sa mémoire qu'un blanc, informe, inaccessible. En lui, le livre a disparu.

— Vous pensiez trouver un monstre ? La dernière bête de l'Occident ? Avouez ! C'est pour cela, même, que vous me rendez visite. Pour contempler la fin de l'Universelle Araignée. Avouez, vous dis-je !

Étendu dans son fauteuil, le front perlé de sueur, les yeux mi-clos, Louis est à l'agonie. Son chapeau légendaire semble plus sombre que jamais et fait ressortir la pâleur immobile de son visage. Une quiétude morbide et accablée vient presque adoucir la laideur de ses traits. À ses côtés, debout en bord de scène, se trouvent Olivier Le Daim et François de Paule. Silencieux, l'air grave, ils regardent le roi. Celui-ci se redresse brusquement, le bras tendu, le doigt pointé vers le public. Son regard brillant se perd dans l'obscurité. Olivier et François se demandent ce qu'il y peut voir. Le roi est secoué d'une toux profonde et déchirante. Le médecin du huitième rang se tient prêt.

— Regardez-les, dans l'ombre, qui me scrutent. Leurs petits yeux luisants brillent dans les ténèbres. Ils sont des centaines. Des centaines de vautours.

— De qui parlez-vous donc, Messire ? dit Le Daim, mal à l'aise.

— D'eux, dit le roi en désignant les spectateurs.

Les comédiens qui interprètent Le Daim et François de Paule échangent un regard inquiet. Louis sort à nouveau du texte et semble vouloir abattre définitivement le quatrième mur.

— Les observateurs. Les ombres muettes, qui rôdent à la lisière de la vie. Mon peuple, qui m'a trahi. Mes bourreaux invisibles. Bientôt, ils applaudiront ma dépouille. Ils se tiendront debout pour célébrer ma fin.

Le souverain se lève péniblement de son lit royal et titube vers le public. Il traîne sa longue silhouette de sauterelle jusqu'à l'avant-scène et se tient là, voûté, tordu, accusateur. Il se met alors à hurler sur le public.

— On me tue ! On me tue ! On achève votre roi ! Et vous ne me défendez pas ? Pourquoi m'abandonner ? Sentez-vous la mort danser dans mon haleine ? Quel est donc ce poison qui roule dans mes sangs et amollit mon âme ? Ou alors se peut-il... Est-ce que l'un d'entre vous a versé la ciguë ? Ne niez pas, félons !

Lorsqu'il brandit son épée, les spectateurs ne peuvent réprimer un mouvement de recul. Personne ne fait un geste. Louis est si convaincant.

— Par mon salut éternel, je jure que, de tous ceux que renferme cette chambre, ce n'est pas moi qui mourrai le premier.

François de Paule, inquiet, s'approche de lui.

— Sire ! oubliez-vous que vous allez bientôt paraître devant Dieu ?

— Dieu m'absoudra, mon père. J'ai juré, je tiendrai mon serment.

Les spectateurs craignent que le roi se jette sur l'un d'eux et l'égorge ; François et Olivier, eux aussi, redoutent d'être sacrifiés par le souverain. Le dessin du chien Mistodin apparaît à nouveau sur le fond de scène.

— Prenez ce chien et qu'il meure à l'instant.

Le public et les comédiens respirent, soulagés. Ils l'ont échappé belle. Olivier grimpe sur un escabeau pour éteindre à la main le projecteur dont émane l'image du chien. Il lui faut s'y reprendre à trois fois. Lorsqu'il y parvient, le fond de scène devient noir. De grosses larmes roulent sur les joues de Louis. Son visage hébété est celui d'un mourant.

— Mon pauvre compagnon, murmure le roi. Tu seras mon guide dans les ténèbres. Nous nous y rejoindrons.

Louis soudain se sent plus frêle, plus vieux et plus tremblant. Il saisit une vieille couverture blanche sur son lit et s'y enveloppe.

— Confessez-vous, mon fils, tente François de Paule. Remettez-vous-en à Dieu.

— Je n'en ai plus la force, dit Louis d'une voix blanche. Que faudrait-il que je regrette ? Ma vie est un bloc, Dieu devra faire avec.

Le roi erre sur le plateau, hagard, fantomatique. Une maille de sa couverture se prend dans la rampe de projecteur située en avant-scène. L'étoffe émet un craquement et lorsqu'il se dirige vers un petit prie-Dieu, un long fil blanc le relie à la rampe. Il s'agenouille quelques instants, contenant un sanglot, puis se dirige vers Le Daim. Suivant les déplacements de Louis, le fil blanc s'enroule autour de différents accessoires du plateau (un bougeoir, une épée, une armure...) et trace dans l'espace scénique la forme d'un labyrinthe.

Il marmonne dans sa barbe des mots difficiles à comprendre, même en tendant l'oreille. On croit l'entendre égrener ses péchés, parler de son père, qu'il méprisait, grommeler quelques mots sur la pauvre petite Marguerite, sur la mort de son frère et celle de cinq de ses huit enfants. Il use ses dernières forces pour traverser le plateau de part en part, revenir sur ses pas, virer de bord, changer de cap. Puis il s'effondre sur son lit, épuisé.

On remarque alors que le fil blanc de sa couverture a dessiné sur la scène la forme menaçante d'une gigantesque toile d'araignée, dont le lit est le centre. Louis est seul, les autres ont quitté la scène. On n'entend plus que sa respiration rauque et douloureuse. L'Universelle Araignée est au seuil de la mort. La main du roi se lève doucement vers les projecteurs. D'une voix poignante, presque enfantine, il crie une dernière fois :

— Juste un instant, par pitié ! Je ne suis pas encore prêt !

Sa main retombe sur les draps. Noir.

Final : noir. Après un moment de suspension et de silence, quelques applaudissements retentissent. Puis ils gagnent les premiers rangs, tout l'orchestre, les balcons et le paradis. La lumière se rallume sur le plateau. Le public est debout et les applaudissements redoublent lorsque Louis se lève pour venir saluer. Au même moment surgissent des coulisses Anne de Beaujeu, Olivier Le Daim, Simon de Phares, François de Paule et Philippe de Commynes. Les comédiens sourient, bouleversés. Ils se positionnent à l'avant-scène, main dans la main, et saluent ensemble. Ils sortent de scène et sont rappelés par les acclamations, une fois, puis deux, puis trois, signe d'un vrai triomphe. L'ovation ne diminue pas. Le régisseur allume alors les lumières côté salle. Les comédiens applaudissent à leur tour le public.

Le comédien qui interprète Louis fait un geste en direction du troisième rang, où, lui a-t-on dit, est placé Jean. Tous les spectateurs se tournent vers le fauteuil n° 8.

Mais le siège est vide.

Les acclamations cessent brutalement. Personne ne comprend. Les comédiens, le public, le régisseur, les techniciens, les ouvreuses, les machinistes, tous contemplent, éberlués, le petit fauteuil vide. Le grand vide qui reste.

Alors, lancés par quelque inconnu noyé dans cette foule émue, les applaudissements reprennent. Ils ne s'arrêteront plus.

BIBLIOGRAPHIES

Jean Teulé

Éditions Julliard

Rainbow pour Rimbaud
L'œil de Pâques
Balade pour un père oublié
Darling
Bord cadre
Longues peines
Les lois de la gravité
Ô Verlaine !
Je, François Villon
Le Magasin des Suicides
Le Montespan
Mangez-le si vous voulez
Charly 9
Fleur de tonnerre
Héloïse, ouille !
Comme une respiration
Entrez dans la danse
Gare à Lou !

Mialet-Barrault Éditeurs

Crénom, Baudelaire !
Azincourt par temps de pluie

Philippe Jaenada

Éditions Julliard

Le Chameau sauvage, 1997 ; J'ai lu, 1998 ; Points, 2018
Néfertiti dans un champ de canne à sucre, 1999 ; Pocket, 2000 ; Points, 2009
La Grande à bouche molle, 2001 ; J'ai lu, 2003 ; Points, 2020
Sulak, 2013 ; Points, 2014
La Petite Femelle, 2015 ; Points, 2016
La Serpe, 2017 ; Points, 2018

Autres éditeurs

Le Cosmonaute, Grasset, 2002 ; Le Livre de Poche, 2004 ; Points, 2011
Vie et mort de la jeune fille blonde, Grasset, 2004 ; Le Livre de Poche, 2006 ; Points, 2018
Les Brutes, dessins de Dupuy et Berberian, Scali, « Graphic », 2006 ; Points, 2009
Déjà vu, photos de Thierry Clech, PC, 2007
Plage de Manaccora, 16 h 30, Grasset, 2009 ; Points, 2010
La Femme et l'Ours, Grasset, 2011 ; Points, 2012
Spiridon superstar, Steinkis, coll. « Incipit », 2016

Mialet-Barrault Éditeurs

Au printemps des monstres, 2021 ; Points, 2022
Sans preuve & sans aveu, 2022 ; Points, 2023
La désinvolture est une bien belle chose, 2024

Dominique Gelli

Raoul Fulgurex, scénario de Tronchet, Glénat
Dans le secret du mystère, 1989
La mort qui tue, 1992
Les Mutinés de la révolte, 1995
Patacrèpe et Couillalère, scénario de Tronchet, Delcourt, coll. « Humour de rire »
Patacrèpe et Couillalère sont de bons amis, 1998
Patacrèpe et Couillalère Présidents du monde, 1998
Hubert la cervelle, scénario d'Éric Omond, Delcourt, coll. « Jeunesse », 2001
Mangez-le si vous voulez, d'après le roman de Jean Teulé, Delcourt, coll. « Mirages », 2020
Crénom, Baudelaire ! T1 *Jeanne*, avec Tino Gelli, d'après le roman de Jean Teulé, Futuropolis, 2023

FLORENCE CESTAC

Harry Mickson :
  Mickson Alphabet, Futuropolis, 1979
  Harry Mickson, Futuropolis, 1980
  Harry Mickson nettoie ses pinceaux, Futuropolis, 1982
  Cauchemar matinal, scénario de Jean-Luc Cochet, Futuropolis, 1984
  Mickson et les Gaspards, Futuropolis, 1985
  Les Vieux Copains pleins de pépins, Futuropolis, 1988
  Hors série : *Mickson BD Football club*, Futuropolis, 1987
Edmond François Ratier :
  Ma vie est un roman policier, Futuropolis, 1986
  Le Chien coiffé, Futuropolis, 1986
Comment faire de la bédé sans passer pour un pied-nickelé, scénario de Jean-Marc Thévenet, Futuropolis, 1988
Quatre punaises au club, scénario de Dodo, Édith et Nathalie Roques, Albin Michel/L'Écho des savanes, 1995
Les Déblok :
  L'Année des Déblok, scénario de Nathalie Roques, Seuil Jeunesse, 1994
  Les Déblok rient, scénario de Nathalie Roques, Seuil Jeunesse, 1995
  Les Déblok font le printemps, scénario de Nathalie Roques, Seuil Jeunesse, 1997

Poilade de Déblok aux éclats de rire, scénario de Nathalie Roques, Dargaud, 1997
Truffes et Langues de chats à la Déblok, scénario de Nathalie Roques, Dargaud, 1998
Déblokeries à la crème anglaise, Dargaud, 1999
Farandole de farces à la Déblok, Dargaud, 2000
Fines conserves Déblok façon boute-en-train, Dargaud, 2001
Turlupinades de la maison Déblok, Dargaud, 2002
La Vie en rose ou l'Obsessionnelle Poursuite du bonheur, Dargaud, 1998
Du sable dans le maillot ou On est bien arrivés, il fait beau et les gens sont sympas, Dargaud, 1999
Piquante ! cat. exp., Christian Desbois, 2000
La Vie d'artiste sans s'emmêler les pinceaux sur les chemins détournés, Dargaud, 2002
Super Catho, scénario de René Pétillon, Dargaud, 2004
Le Poulpe, tome 14 : *Pieuvre à la Pouy*, scénario de Francis Mizio, 6 Pieds sous terre, 2004
Les Démons de l'existence :
  Le Démon de midi ou « Changement d'herbage réjouit les veaux », Dargaud, 1996
  Le Démon d'après midi…, Dargaud, 2005
  Le Démon du soir ou la Ménopause héroïque, Dargaud, 2013
  Les Démons de l'existence ou Ce qui ne nous tue pas, nous rend plus forte… Ben voyons !, intégrale des trois premiers volumes, Dargaud, 2018
Vive la politique !, collectif, Dargaud, 2006
Les Ados Laura et Ludo :
  Laura et Ludo, Dargaud, 2006
  Laura et Ludo 2, Dargaud, 2007
  Laura et Ludo 3, Dargaud, 2008
  Laura et Ludo 4, Dargaud, 2010

La Fée Kaca, Les Humanoïdes Associés, 2007

La Véritable Histoire de Futuropolis, Dargaud, 2007

Je voudrais me suicider mais j'ai pas le temps, avec Jean Teulé, Dargaud, 2009 – Biographie de Charlie Schlingo

J'aime pas…, T6, *Les gens qui se prennent pour…*, Hoëbeke, 2009

Des salopes et des anges, scénario de Tonino Benacquista, Dargaud, 2011

On va te faire ta fête, maman !, scénario de Nadège Beauvois, Dargaud, 2011

Qui dit chat, dit chien, scénario de Marie-Ange Guillaume, Dargaud, 2012

Plein le dos, scénario de Jean-Bernard Pouy, Éditions Le Monde – SNCF, coll. « Les Petits Polars », 2013

Un amour exemplaire, scénario de Daniel Pennac, Dargaud, 2015

Filles des Oiseaux :
  Filles des Oiseaux : N'oubliez jamais que le Seigneur vous regarde !, Dargaud, 2016
  Filles des Oiseaux : Hippie, féministe, yéyé, chanteuse, libre et de gauche, top-model, engagée, amie des arts, executive woman, maman, business woman, start-upeuse, cyber communicante… what else ?, Dargaud, 2018

Un papa, une maman, une famille formidable (la mienne !), Dargaud, 2021

Ginette, éd. Le Monte-En-L'air, coll. « Bd-Cul », 2022

Le prof qui a sauvé sa vie, texte d'Albert Algoud, Dargaud, 2023

Rira bien qui mourra le dernier, de David Goodis, Futuropolis, 1985

La Guerre des boutons de Louis Pergaud, Futuropolis, 1990

Mystère à Saint-Antoine, de Jean-Luc Cochet, Nathan, 1992

Pas de whisky pour Méphisto, de Paul Thiès, Syros Jeunesse, 1993

Tétine et le Mystère des boules de gomme, de Charles Rouah, Syros Jeunesse, 1993

Foot, d'Yves Pinguilly, Syros Jeunesse, 1994

J'attends un chien, de Marie-Ange Guillaume, Albin Michel, 1996

Je veux pas divorcer, de Dodo, Seuil Jeunesse, 1998

Les Phrases assassines, de Véronique Ozanne, Éditions Verticales, 2001

Tous citoyens, d'Élisabeth de Lambilly, Mango, 2008

La Capture du tigre par les oreilles, de Jean-Bernard Pouy, éd. Le Monde – SNCF, coll. « Les Petits Polars », 2014

Cyrano de Bergerac, d'Edmond Rostand, Les Échappés, 2018

Bienvenue dans mon demi-monde, le journal pas triste d'une survivante, de Caroline Lhomme, Éditions Hugo & Cie, 2020

ENKI BILAL

Quelques-uns des ouvrages :

La Foire aux immortels
La Femme piège
Froid Équateur

Le Sommeil du Monstre
32 décembre

Animal'z
Julia et Roem
La Couleur de l'air

Bug (en cours)

Nu avec Picasso, Stock, coll. « Ma nuit au musée »

Les Phalanges de l'Ordre noir, avec Pierre Christin
Partie de chasse, avec Pierre Christin

L'Homme est un accident, avec Adrien Rivierre
Sublime Chaos, avec Christophe Ono-dit-Biot

Un siècle d'amour, avec Dan Franck

Hors jeu, avec Patrick Cauvin

FRANÇOIS DELEBECQUE

Les Boutiques de notre enfance, texte de Jean Teulé et Zazou Gagarine, Éditions First, 1991
Les Habits du fantôme, texte de Michel Chaillou, Seuil Jeunesse, 1999
La plage d'où les bateaux s'envolent, Seuil Jeunesse, 2001
Quel chantier !, Seuil Jeunesse, 2003
Les Songes de l'ours, Éditions Thierry Magnier, 2005
Les Animaux de la ferme, Les Grandes Personnes, 2006
Les Animaux sauvages, Les Grandes Personnes, 2008
Vroum ! Vroum !, Les Grandes Personnes, 2011
Fruits, fleurs, légumes et petites bêtes, Les Grandes Personnes, 2014
Imagier des jouets, Les Grandes Personnes, 2015
Imagier des animaux, Les Grandes Personnes, 2015
Le Loto de la nature, Les Grandes Personnes, 2017
Imagier de la plage, Les Grandes Personnes, 2017
Imagier de la montagne, Les Grandes Personnes, 2019
Imagier des outils, Les Grandes Personnes, 2023
Imagier qui roule, qui glisse et qui vole, Les Grandes Personnes, 2023

Philippe Druillet

Graphiste, illustrateur, photographe, acteur, auteur de bandes dessinées, réalisateur. Fondateur en 1974 du magazine *Métal hurlant* et de la maison d'édition Les Humanoïdes Associés. Correspondant français du magazine *Famous Monsters of Filmland*. Figurant dans le *Masterpieces of Fantasy Art* de Dian Hanson, Taschen, 2020 (anthologie des maîtres de l'art fantastique).

Le Mystère des abîmes, Éric Losfeld, 1966 – *Lone Sloane 66* aux Humanoïdes Associés, 1977
Les Six Voyages de Lone Sloane, Dargaud, 1972
Delirius, scénario : Jacques Lob, Dargaud, 1973
Vuzz, Dargaud, 1974
Yragaël ou la Fin des temps, scénario : Michel Demuth, Dargaud, 1974
Urm le fou, Dargaud, 1975
Mirages, Les Humanoïdes Associés, 1976
La Nuit, Les Humanoïdes Associés, 1976
Vuzz T2 : Là-bas, Les Humanoïdes Associés, 1978
Gaïl, Druillet, 1978
Firaz et la ville fleur, dessin et couleurs : Picotto, Dargaud, coll. « Pilote », 1980
Salammbô d'après Gustave Flaubert, Les Humanoïdes Associés, 1980
Salammbô T2 : Carthage, Dargaud, 1982
Salammbô T3 : Matho, couleurs : Anne Delobel, Dargaud, 1986

Le Mage Acrylic, dessin : Serge Bihannic, Les Humanoïdes Associés, 1982
Nosferatu, Dargaud, 1989
Canal-Choc T3 : Les Corps masqués, scénario : Pierre Christin – dessin : Philippe Aymond, Hugues Labiano, Philippe Druillet, Philippe Chapelle – couleurs : Tran-Lê, Les Humanoïdes Associés, 1991
Lone Sloane T4 : Chaos, Albin Michel, 2000
Lone Sloane T5 : Delirius 2, scénario : Jacques Lob, Benjamin Legrand – dessin : Philippe Druillet – couleurs : Jean-Paul Fernandez, Éditions Drugstore, 2012
Lone Sloane T6 : Babel, scénario : Xavier Cazaux-Zago – dessin : Dimitri Avramoglou – couleurs : Stéphane Paitreau – supervision : Philippe Druillet, Glénat, 2020

Delirium, avec David Alliot, Les Arènes, 2014

H. P. Lovecraft, sous la direction de François Truchaud, Cahiers de l'Herne, 1967.
Elric le nécromancien, avec Michel Demuth, d'après Michael Moorcock, Pellucidar, 1968
Dracula d'après Bram Stoker, Opta, 1969
Démons et merveilles d'après Lovecraft, Opta / André Sauret, 1976
The Return to Melnibone d'après Michael Moorcock, Unicorn, 1973 – Jayde Design, 1997
Retour à Bakaam, texte François Truchaud, Chêne, 1976
Druillet 30 / 30, Les Humanoïdes Associés, 1981
P.A.V.É., Dargaud, 1988
Manuel l'enfant-rêve, avec Jacques Attali, Stock, 1994

Paris de fous, avec Robert Doisneau, Dargaud, 1995
Il était une fois..., adaptation de *Cendrillon*, 1995
Visioni di fine millennio, Hazard, 1999
Les Univers de Druillet, Albin Michel, 2003
Les Rois maudits, Albin Michel, 2005
Métal esquisses, Éditions Zanpano, 2009
Métal mémoires, Éditions Zanpano, 2010
Métal héros, Éditions Zanpano, 2014
Flaubert, Druillet : une rencontre, Marie Barbier Éditions, 2017
Explorations, Barbier & Mathon, 2018

Benjamin Planchon

Capsules, Antidata, 2018
Le Domaine des douves, Mialet-Barrault Éditeurs, 2022
Sois clément, bel animal, Mialet-Barrault Éditeurs, 2023

Crédits des illustrations

Dominique Gelli © Flammarion, d'après des gravures :

p. 19 : Exécution de Jacques d'Armagnac, duc de Nemours, collection particulière

p. 29 : Louis XI enfant, © cliché IRHT-CNRS

p. 32 : Illustration médiévale, collection particulière

p. 35 : Louis XI, roi de France, © SZ photo / Scherl / Bridgeman Images

p. 71 : Louis XI implore les étoiles, © Paris Musées / Maisons de Victor Hugo Paris-Guernesey

p. 93 : Louis XI et son barbier à la fenêtre, © Morphart Creation / Shutterstock

p. 100 : Louis XI visite les fillettes © Paris Musées / Musée Carnavalet – Histoire de Paris

p. 108 : Portrait de Jean Teulé © Philippe Matsas / Opale

p. 110 : Jean Teulé, Betty Mialet & Philippe Jaenada à Vannes © DR

p. 130 : Jean Teulé & Dominique Gelli © Olivier Dion

p. 135 à 145 : © Dominique Gelli

p. 146 : Florence Cestac & Jean Teulé, juillet 1996 © DR

p. 150 et 151, 153 : © Florence Cestac

p. 154 : Enki Bilal & Jean Teulé © DR

p. 159, 161 et 163 : Enki Bilal

p. 164 : Mickson Football Club © DR

p. 169 à 177 : © François Delebecque

p. 178 : Portrait de Philippe Druillet © Philippe Matsas / Opale

p. 182 à 185 : © Philippe Druillet

p. 220 : Portrait de Jean Teulé © Philippe Matsas / Opale

p. 222 : Portrait de Philippe Jaenada, photo : Pascal Ito © Flammarion

p. 224 : Portrait de Dominique Gelli © DR

p. 226 : Portrait de Florence Cestac © Juanjo Company Garcia

p. 232 : Portrait d'Enki Bilal © Hannah Assouline / Opale

p. 234 : Autoportrait de François Delebecque

p. 236 : Portrait de Philippe Druillet : © Philippe Matsas / Opale

p. 240 : Portrait de Benjamin Planchon, photo : Pascal Ito © Flammarion

14240

Composition
NORD COMPO

*Achevé d'imprimer en Italie
par  GRAFICA VENETA
le 31 octobre 2024*

Dépôt légal septembre 2024
EAN 9782290424858
OTP L21EPLN003949-654828

ÉDITIONS J'AI LU
82, rue Saint-Lazare, 75009 Paris

Diffusion France et étranger : Flammarion